ぼくのわがまま宣言（せんげん）！

今井恭子
Kyoko Imai

PHP

ぼくのわがまま宣言(せんげん)！　目次

第1章　見込みちがい

「翔ちゃん、何度もいいますけど、ぜったい犬は飼いません。散歩や、食事、ウンチの世話は、一体だれがするの？」

おばあちゃんは、今日もあきずにくり返す。

「だからぁ、世話はぼくがちゃんとするって。責任もって、ほんとうに、ほんとうに、ちゃんとするって。約束するよ」

ぼくも、あきずにくり返す。

「飼う前は、子どもはみんなそういうの。飼ったら最後、ほったらかし。どこの家でもおんなじです」

「ぼくだけはちがうから。ぜったい約束まもるから」

「いいえ、だめです。この歳で、わたしはもう散歩なんてできません」

おばあちゃんとの口論は、もうひと月近くも続いている。

「第一、犬のにおいなんかしたら、ポンちゃん一家が寄りつかなくなるのは目に見えてます」

ポンちゃん一家というのは、裏山から毎日おばあちゃんちの庭に出てくるタヌキの家族のことだ。おばあちゃんはツツジの植え込みに餌を置いて、縁側のガラス越しに一家の食事風景をながめるのを、何より楽しみにしているのだ。

父親はポンちゃん。母親はポンコちゃん。二匹は体の大きさで見分けている。四匹の子ダヌキは、見分けているのかいないのかわからないが、ちゃんと名前をつけてある。ポンタ、ポンキチ、ポンマル、ポンズ。ポンでまとめて仲よし家族を演出ってわけだ。

あーあ、こんなのありかよ？

おばあちゃんさえ賛成してくれれば、犬を飼ってもらえたのに。犬は、パパ・ママとぼくの間では、引っ越しの第一条件だったのに。

そもそも、どうしてぼくだけがS県のド田舎に越してきて、おばあちゃんなんかと二人で暮らさなくちゃいけないんだ？

パパかママが長期入院になったとか、何かとんでもない事件に巻きこまれたとか、離婚しちゃったとか——そんなことなら仕方がない。がまんしよう。ちょっとの間なら……。

ところが、二人そろって昇進しただって。

三月のある晩のことだった。商社に勤めるパパが、ベルギーへ転勤が決まったといって、大いばりで帰ってきた。

「おい、喜べ！　出世コースだぞ」

「あら、よかったわねー。すごい、すごい。おめでとう」

でも、ママは、すかさずきっぱり宣言するのを忘れなかった。

「もうしわけないけど、わたしはいっしょに行きませんからね。夏休みには、翔と遊びに行きますから。わぁ、翔ちゃん、楽しみだわね」

ママは都心にある広告代理店に勤めており、かなりのやり手で通っている。ぼくにいわせれば、母親業は二の次、三の次。仕事人間だ。だから、会社をやめ、パパの転勤先についていくなんて考えられない。専業主婦のママなんて、想像できなかった。

その晩、パパはいつまでも、ぐだぐだママを説得し続けた。ベルギーがどんなにすてきな国だとか、どんなにおいしいものが食べられるだとか、いっしょに行ったらどんなに楽しいだとか……。すでに行って見てきたかのようにくり返した。

「じゃあ、ますます休暇が楽しみだわ」

ママはにこにこしながら、はぐらかした。

そして、翌週のこと。ママの態度はさらに決定的になった。なんと、今度はママが昇進のニュースを持って帰宅したのだ。

こんな偶然って、あるだろうか？

「翔ちゃん。喜べ！　ママだって負けてないぞ！」

ぼくはため息をついた。パパやママのように、ただの一度でも、「喜べ！」なんて叫んで、学校から帰ってきたことがあっただろうか？　そう思うと、それだけでもぼくは落ちこぼれの気分だった。

両親はエリートで企業戦士なのに、ぼくの成績は中の中。自慢じゃないけど、たまに下の方へ食いこむことだってある。

成績についての面談なんかあると、

「いえ、いえ、大器晩成っていいますからね」

先生はそういって話をしめくくる。

大きな器は容易には作れない。つまり、すぐれた人物は大成するのに時間がかかるという意味だ。ママが教えてくれた。

ぼくが心配なのは、器の大きさなんかじゃない。器の底に穴が開いてやしないかってことなのに。

ときどき、ぼくはほんとうにパパとママの子どもなのか、と疑うことさえあった。でも、ちょっとはれぼったい一重まぶたは、明らかにパパのものだ。キレのいい形のくちびるは、口紅をぬると一挙に色っぽくなるママのものだ。ぼくの顔は、ちぐはぐな取り合わせでできている。

だいたい正直いって、ぼくはパパやママの仕事なんかに全然、興味はなかった。

　春休みに前から約束しているテーマパークへ、ほんとうに連れていってもらえるのか……。一泊予約を入れてあるオフィシャル・ホテルを、結局はキャンセルされるんじゃないか……。それが今のところ何よりの心配事だった。

　だって、物心ついて以来、ぼくはしょっちゅう、そういう悲劇に見舞われながら生きてきたからだ。

「翔、悪い。アメリカから急に大事なお客さんが来ることになっちゃったんだ……」

「ごめんねぇ、翔ちゃん。ＣＭの撮影に手間取って。どうしてもその日は仕事になっちゃうの……」

　はい、はい、そうですか。

　またですか……。

　こんなことだってあった。学童保育から帰ってくると、家のカギがないことに気がついた。その日に限って、月曜日から金曜日の夕方に通ってきて、夕ご飯を用意してくれる家政婦の宮園さんは、法事があるといって休みだった。パパはニユーヨークに出張中だ。

ぼくは玄関の外で、じりじりしながら長いことママを待った。友だちの家に行って、しばらく待たせてほしい、と頼もうかどうしようか、迷い続けた。迷っているうちに、暗くなってしまった。すると、もうみじめ過ぎて、その場を動く気力も失せてしまった。

玄関のドアに背をあずけ、足を投げだして泣きべそをかいているところを、通りがかったとなりのおばさんに救出された。ママが帰宅すると、ぼくはおとなりの居間のソファで眠りこんでいたという。

友だちのところみたいに、ママが家にいてほしいと思った。外で働くにしても、近所のお店でパートとか、残業や出張のない会社とか、もっと時間によゆうのある仕事にしてほしかった。学校から帰ってきたときに、「お帰り！」と、笑顔で迎えてくれる優しいママがほしかった。

しかも、ほんとうの悲劇は、そのとき、まだ幕さえ上がっていなかったのだ。

ママの話では、ロサンゼルスの食品会社が、近々日本に上陸してくるそうだ。

ママの勤める広告代理店が、その会社の製品を日本に紹介するために、一年間の特別プロジェクトを立ち上げるという。ママはそのプロジェクトのチーフに任命されたのだ。

「ふうん……。で、食品って、何？」

「メキシコ料理なの。冷凍の。チンするだけで、すっごくおいしいの」

「ふうん……」

「特別プロジェクトは一年間。とにかく、最初の一年間が勝負なの。そのあとのことは、未定だけど」

ママはやたらと、〝一年間〟を強調した。

「で、おばあちゃんには、すでに打診の電話を入れてあるんだけどね……」

ちょっとだけ、ママの声のトーンが落ちた。

ダシン？　おばあちゃんに……？

いやな予感がした。

「つまりね……。ママは今までより、もっと、もっと、忙しくなって、帰るのもおそくなりそうなの。しょっちゅう出張もありそうだし。ロスにも飛ぶことがあるのよ。なんといっても、パパはベルギーだし。

だから、翔ちゃんはおばあちゃんのところに行っててほしいの。一年間だけでいいから。おばあちゃんも喜ぶわ。今までも、留守にばかりしてて悪かったけど、いつも心配だった。宮園さんがいてくれる、とはいっても、やっぱり他人じゃない。

翔ちゃんがおばあちゃんの家にいてくれたら、ママも安心して仕事、がんばれるから」

ママの言葉が現実には何を意味するのか、すぐには理解できなかった。

やがて……。

「何、それ？　ぼくだけ田舎に引っ越すってこと？　おばあちゃんと二人で暮らせって？

ひ、ひどいよ、そんなの。

おばあちゃんにぼくのこと頼むなら……おばあちゃんがこっちに来て、いっしょに住めばいいじゃん。もう歳だから、ひとりにしとくのは心配だって、前からママもいってたじゃん。それだったら、一石二鳥でしょ」

ママは、ふっとため息をついた。

「もちろん、それは考えたし、おばあちゃんにも話したわよ。でも、おばあちゃんは、どうしても田舎から動きたくないっていい張るの。翔ちゃんが向こうに行くんだったら、世話は喜んで引き受けるって」

「そんなの、ありかよ！　学校も変われってこと？」

怒りが一挙に爆発した。

パパもママも、おばあちゃんでさえ、自分のやりたいようにやってきた。これからもそうだ。なんでいつも、ぼくにだけ、そのシワ寄せが来るのさ。

悔しくて、悔しくて、テーブルにつっぷして泣いた。あとからあとから、面白いように涙があふれ出た。

ママもぼくの肩を抱いて泣いた。ママが泣くなんて、初めてだ。

泣くくらいなら、こんな無茶なこと、いわなきゃいいじゃん。

「ごめんね。ママだって毎日ちょっとの時間でもいいから、翔ちゃんの顔を見ていたいのよ。ママも……昔はつらいことがあったから……翔ちゃんとは親子水入らずで暮らしたいのよ」

ぼくは乱暴にママの腕をはらい、がばっと顔を上げた。

「はぁ？　水入らず？　よくいうよ。ママとぼくの間は、いつだって水がじゃぼじゃぼじゃん。世界一幅(はば)の広いナイル川が流れてる」

「それをいうなら、アマゾン川でしょ。あっ、ラ・プラタ川だっけ？」

「どっちだっていい！」

　ぼくは、はなをすすり上げた。

「翔(しょう)ちゃんには何ひとつ、不自由なんかさせたくない。大きくなったら留学(りゅうがく)だってさせてあげたい。ママはできなかったから……。家のローンも早く返したい。だから、ママ、がんばってる。

　パパは海外勤務(きんむ)になるっていうし、どう考えても、今のところこれが一番いい方法なの。

　だから……ね、週末には必ず会いに行くから。金曜日の夜に行って、月曜日の朝早くおばあちゃんちから出社する。そうすれば、ほら、一週間のうち四日もいっしょにいられるでしょう」

　そんな計算があるか？　どうせ金曜日は夜中に着いて、月曜日はぼくがまだ寝(ね)ているうちにいなくなる。そんなの二日に数えるな。

「塾だって、どうするのさ？　おばあちゃんちの近くに塾なんてないよ」

塾どころか、移動の足だって一時間に一本のバスしかない。

塾なんてないに越したことはない。なのに、この瞬間は、塾さえない田舎に移ることが絶望的に悲しかった。

なぜだか知らないけど、ぼくは中学受験をすることになっている。もちろん、ぼくがいいだしたわけじゃない。四年生になってから、駅前の塾に週三日も通ってきた。もしかしたら、将来の留学のためだったの？

だれが決めたんだよ、そんなこと。どこにも行きたくないんだよ、ぼくは。

「んん……塾ねえ」

ママはうなった。

「しょうがないわね。六年生になって東京に戻ってからがんばれば、きっと間に合うわ。だいじょうぶよ」

「じゃあ、この一年間はなんだったのさ？　損したじゃん。こんなに早くから行くこと、なかったじゃん」

「勉強して損したなんて、そんなことぜったいにありません」

「損したもん。損したもん。損したもーん！」

あとから帰ってきたパパだけが冷静だった。ママも昇進したとわかったら、自分だけ得意顔でいるわけにいかなくなったからだ。

おかげで、パパはぼくの肩を持った。

「それじゃあ、翔があまりにもかわいそうだ」

ここで合の手を入れるように、ぼくはまた派手に泣き叫んでテーブルにつっぷした。

パパが助けてくれるかもしれない。

あわい期待があった。

パパはぼくの背中をさすりながらいった。

「おれみたいに、海外に転勤ってわけじゃなし。せめて今までみたいにできないのか？　それより……なぁ、そのプロジェクトの話、断れないのか？」

「はいっ？」

背中のパパの手が、すうっと引っこんだ。

「なんですって？」

あーあ……。

ぼくはしゃっくりしながら、椅子(いす)の背(せ)にもたれた。涙(なみだ)をぬぐいながら、パパとママを代わる代わるながめた。

これから大げんかが始まる、とわかった。

「どうしてわたしが断(ことわ)らなきゃいけないの？　あなたなら断(ことわ)れるの？　どっちかが断(ことわ)らなければいけないなら、あなたがどうぞ」

「バカなことをいうもんじゃない！」

「何がバカよ？　どうしてあなたじゃ、いけないの？　今まで、仕事仕事って、あなたは仕事さえしてればよかったくせに。仕事しながら、家事、育児、全部わたしがやってきたじゃない。今度はあなたがやってみれば？　どれだけ大変か、わかるんじゃない」

「わかってるさ。きみだからこそ、できたんだ。でも、今までがんばってきたんだから、同じようにはできないのかな、と思っただけじゃないか」

「これ以上は不可能(ふかのう)です。わたしにばっかり押(お)しつけないでください。翔(しょう)にだって、今まで以上にシワ寄(よ)せがいくでしょう？

あ、そうよ。お給料だって、どっちが高かった？　いっそのこと、あなたが仕事やめて、専業主夫やればいいじゃない。流行ってるのよ。やってみれば？　やってちょうだい！」

ママはすっかり感情的になり、意地悪になっていた。

それにしても、うちはママの方がかせぎがよかったんだ。知らなかった。パパはママに頭が上がらないはずだ。

「それとこれとは関係ないだろう。無理なことをいうのはやめろよ」

パパもぷんぷん怒っている。

「そうよね、あなたには無理だわよね」

ぼく自身のために、将来のために、しっかり覚えておいた方がいい――女は強いのだ。母親は強いのだ。仕事ができる女は強いのだ。美しい女は強いのだ。

ママは四拍子そろっている。みんな、ママのいいなりになるほかない（ただし、四つ目はだいぶごまかせる。メイクが濃いのはそのせいだ。ブランドもののスーツや、七センチもあるヒールはそのせいだ）。

そう……ママがいいだしたときから、わかっていた。ぼくには何も口出しする権利なんて、ない。おばあちゃんの家へ行くしかないんだ。

もちろん、おばあちゃんが嫌いなわけじゃない。でも、あんなにダサいばあさんと毎日、顔つき合わせて田舎で暮らすなんて、チョーみじめだ。学校を変わるのだって、すごく勇気がいる。不安でいっぱいだ。

ぼくだけ貧乏くじを引くなんて、いやだ！

はっきりと、そう思った。

そうしたら、学校の試験中にさえろくに回らない頭が高速回転を始めていた。

「もう、夫婦げんかなんかやめてよね」

しらけた口ぶりでぼくがいうと、二人はちょっと縮こまった。

「わかったよ。ぼくがおばあちゃんちに行けばいいんでしょう。そうすれば、全て丸くおさまるんでしょ。二人ともバリバリ仕事ができて、楽しいんでしょ。いっぱいかせいで、アホなぼくの裏口入学のお金でもはらってよ。

行くよ。行くよ。行くってば……。

ただし……条件がある」

テレビや映画で、しょっちゅう聞く台詞だ。

使えるじゃないか。ぼくはちょっとぞくぞくした。

「ジョ、ジョーケン……？」

二人はそろって、ぽかんと口を開けた。

「おばあちゃんちは庭も広いしさ。裏山もあるしさ。犬を買ってよ。ずっとずっとほしかった。何度も何度も頼んだのに、ちっとも聞いてくれなかったじゃん。ね、犬を買って。大きな犬だよ。セント・バーナードとか、ボルゾイとか」

「ボ、ボルゾイってなんだ？」

パパがママにささやいた。

「ロシア貴族がオオカミ狩りに使った、超大型犬じゃない。アリクイみたいな、長い顔の」

「アリクイ？　だっ、だめだ。そんなの！　翔にあつかえるわけがない。事故でも起きたら大事だ。チワワにしなさい。せめて柴犬にしときなさい」

やった！　すでに犬はゲットだ。

それに、ぼくだって、ほんとはセント・バーナードほど大きな犬じゃなくてもいい。ゴールデンとかラブラドールなんかだったら、もう最高だ。

でも、これは取引の原則だ。最初からゴールデンなんていったら、結局はチワワになる。

「そんなの、やだ！　小型犬ならここでだって、飼えてたじゃん。それじゃあ、おばあちゃんちには行かないから。ぜったいに行かないから。

ここにいちゃだめだっていうなら、家出してやる。家出して、ぐれてやる」

どうやってぐれたらいいのかは、わからなかった。

「あ、そうだ。それよりさぁ、やっぱりママもいっしょにベルギーに行こうよ。でもって、向こうでセント・バーナードを飼おうよ。ママも専業主婦になるんだから、犬だって楽々飼えるよ。ね？」

ぼくは〝専業主婦〟のところを、強調していった。

「いいじゃん、いいじゃん。ヨーロッパの雪山で遭難した人を救助する犬だよ。雪でも降ったら、絵になるじゃん」

パパはちらちらママの反応をうかがっている。ママははなから無視して、眉間に縦ジワを寄せていた。

もちろん、ママにしたら問題外のアイデアだ。ぼくだって本気じゃない。

第一、ベルギーでは、学校で何語を話すんだよ？　転校して、しかも外国語でおどおどしながら勉強するなんて、冗談じゃない。おばあちゃんちの方が、まだましに思えた。

ママがため息をついて、つぶやいた。

「長いこと苦労した末に、やっと気ままなひとり暮らしをしているおばあちゃんよ。翔ちゃんの世話をお願いするだけでももうしわけないのに、犬なんて……」

「犬はぼくが世話するもん。ちゃんとするもん。約束する」

「子どもは無責任に、そういうことというの。おもちゃじゃないんだから。一日たりとも世話はサボれないのよ。赤ちゃんと同じなのよ。雨が降ろうが、ヤリが降ろうが、散歩だって行かなくちゃならないし。

翔ちゃんに、できるはずがないでしょう。勉強だってしないくせに」

どうして、そこに勉強をだしてくるかな？　勉強だからこそ、やらないんじゃないか。

「わかったよ。じゃあ、セント・バーナードやボルゾイじゃなくてもいいから。ゴールデンかラブラドールでがまんするよ。そうすれば、ぼくだってちゃんと世話できるよ」

「何いってるの。だめ、だめ。そんな大型犬、ぜったいだめです」

「さっきより小さくしたじゃん」

「さっきのはみんな、超がつく大型犬じゃない。飼えるはずないでしょう。ママを丸めこもうったって、無理です」

ママは前にドッグフードのＣＭを担当したことがある。そのせいで、犬のことはくわしいんだ。ぼくが知ってる、これっぽっちの知識は、そもそもママから聞きかじったことばかりだ。

「だって、ぼく、大きな犬の背中に乗って遊ぶのが、小さいときからの夢だったのに……」

「犬は乗りものじゃない！」

パパがわかりきったことを叫んだ。

「んんん……じゃあ、せめてコーギーくらいにしなさい」

ママがいうと、パパが今度はぼくにささやいた。

「コーギーって？」

ママが聞きつけて、いらいらしていった。

「大きな耳が三角に立ってて、しっぽがなくて、ずんどうで、脚の短い中型犬よ。エリザベス女王がお気に入りの。よく散歩してるじゃありませんか。もう、あなた。検索でもしてください。正しくは、〝ウェルシュ・コーギー・ペンブローク〟」

パパは新入社員のように、「はいっ」と、立ち上がって、スマホを取りに行った。

まちがいない。もし二人が同じ職場だったら、ママの方が先に出世していただろう。

じきに検索画面が立ち上がったのだろう。パパの自信のない声が聞こえてきた。

「えっと、ウェルシュ……。えっ、なんだって?」

ぼくは笑いだしたい気分だった。パパとママに捨てられたようなショックも、犬のことを考えると、すうっと遠のくほどだ。おばあちゃんと田舎で暮らすのも悪くないかも、と思い始めた。

両親と離れて暮らすさびしさも、慣れない田舎暮らしも、転校の不安も……いや、どんなに悲惨な生活も、〝ぼくの犬〟さえそばにいてくれたら、がまんできる気がした。物語や映画の中でも、話はそういうことに決まっている。ぼくだって、きっとそうにちがいない。

犬だ、犬だ。ぼくの犬だ！

犬ならチワワだって、いいくらいだった。それが、コーギーだって。クジラがかかったくらいの、大漁だ。

ところが……。

おばあちゃんは、てこでも、「うん」と、いわない。にっくきタヌキのせいだ。ポンコやポンタやポンズや……ええと……タヌキのせいだ。

ぼくはツツジの植え込みを、餌ごとけちらしてやりたかった。

第2章　困ったときは……

春休みはあわただしかった。

パパは準備もそこそこに、ばたばたと成田を発っていったし、ママは仕事の合間にぼくの〝引っ越し〟に忙殺され、髪の毛が逆立つほどいらだっていた。世の中はお花見気分に浮かれているのに、うちには桜も咲かなかった。

テーマパークのオフィシャル・ホテルは、当然のようにキャンセルされてしまった。

「ごめんね。この次に、また、ゆっくりね」

〝この次〟がいつなのかは、常に不明だった。

もうじき犬を買ってもらえる――それだけがぼくの心のささえだった。希望だった。

どんな子犬かな？　かわいいだろうなぁ。名前は何にしよう？　ぼくの夢だもの。ドリーム……略してドリーだ。

犬のことを考えていると、時間がたつのを忘れた。

学校では、ぼくが転校すると知って、和真も勇人も驚いた。

「えっ、なんだよー。おまえ、いなくなっちゃうの？」

「うちのクラス、ただでさえ男子劣勢なのにさ」

「一年たったら戻ってこられるから。

それより、ね、夏休みに泊まりにおいでよ。すぐ裏は山だし、海も近いし。犬も飼うんだ」

ぼくは半ば本気でさそってみた。

「えっ、いいの？」

「すげぇ。行く、行く！」

和真と勇人ばかりでなく、周りのみんなも喜んで叫んだ。

でも……だれもほんとうに遊びになんて来ない。わかっている。

考えてみれば、一番親しいはずの和真や勇人との関係も、校外ではゲームをいっしょにする程度のものだ。三人で公園に行っても、ベンチに並んですわり、もくもくとゲームにふけっている。何かしゃべるとしても、先生やクラスメートのぐちとか、なんのゲームをどこまでクリアしたとか、新しいソフトがほしいとか――そんな話題ばっかりだ。

だから、ぼくは和真たちにわざわざ電話をかけて、新しい学校について報告したり、いつなら来られるかなんてたずねたりしないだろうし、ましてや、向こうからはぜったい連絡してくるはずがない。これまでにも、転校していった生徒は何人もいた。けど、その子たちが話題にのぼることなんて、なかったじゃないか。今ではだれも、名前もろくに覚えていない。

あっという間に、ぼくも同じ運命だ。一年もいなかったら、戻ってきたときには、みんなとの関係はますますうすれているにちがいない。

そう……お互いに、これっきりだ。これっきりとおんなじだ。

学校を変わるのはめんどうくさい。不安だし、こわいといってもいいくらいだ。なのに、どうしても今の学校に残っていたいという理由もないような気がした。

すごくしらけた気分だった。

五年生の新学期から、新しい学校に登校することになった。

犬はやっぱり買ってもらえなかった。

ママは仕事を休めないので、始業式にはおばあちゃんが学校へ連れていってくれることになった。

ただでさえゆううつなのに、おばあちゃんが付きそいかよ……。

「まさか、そのかっこうでは行かないよね」

さすがに、ぼくは念を押(お)さずにはいられなかった。

だって、おばあちゃんはいつだって、足首にゴムの入っただぶだぶのパンツに、セーターをたくしこんでいる。寒いとき上にはおるベストやカーディガンは、なんと、ぼくが生まれる前に死んだというおじいちゃんのだったりするのだ。

もう……やめてよね。

意識したことはない。でも、ぼくは心のどこかで、不思議な気がしていた。

ママとおばあちゃん——あまりにちがい過ぎないか？　目鼻や口、パーツをひとつずつ比べれば、確かに似ている。何より似ているのは声だ。でも、洋服の趣味や着こなしなんて、天と地の差どころじゃない……。

「おバカさんなことをいうんじゃありません。わたしだって、これで学校へは行きませんよ」

始業式の朝、たんすの引き出しを開けたり閉めたりしながら、おばあちゃんは断言した。

その結果、「さあ、行きますよ」と、玄関に立ったおばあちゃんは、グレーのスーツに着がえていた。

でも、やっぱりスーツはだぶだぶだ。もしかしたら、おばあちゃんがしぼんで小さくなるより、ずっと前に買ったものかもしれない。ジャケットのえりからは、白いブラウスのフリルが大量にはみ出している。いかにも流行おくれだ。

学校までは二十分ほどの道のりだった。登校する子どもたちのほかには、ほとんど人通りのない、山すその道だ。

おばあちゃんと並んで歩くのは、すごく恥ずかしかった。そんな気持ちになるのは、さすがに後ろめたい。後ろめたいのが、またまた不愉快だ。

全てはパパのせいだ。ママのせいだ。ママが仕事なんかしているからだ。ぼくより仕事の方が、ずっとずっと大事だからだ。

ひどく腹が立った。

職員室でおばあちゃんと別れると、五年生の教室に連れていかれた。

「今日からみんなのお友だちになる、成瀬翔くんです」

羽深先生がぼくを教卓の横に立たせて、にこやかに紹介する。

若い女の先生だ。まるで教育実習にやってくる学生みたいな雰囲気だ。

クラス中の生徒が、めずらしいものでも見るように、じろじろぼくを見回した。後ろの方の席では、腰を浮かせて首を伸ばしている男子もいる。まるで天然記念物にでもなった気分だった。

ちょうど五年生に上がるときだったから、クラスがえのどさくさにまぎれ、目立たず新しいクラスに溶けこめるかもしれない。あわい期待を抱いていたけど、そんなことは考えただけ時間のむだだった。

というのも、一学年は一クラス。クラスがえは永久になかったのだ。

「成瀬くんは、ご両親のお仕事の関係で、東京からひとりでおばあさまのおうちに越してきました。いろいろ不慣れな点もあるでしょうから、みんな、助けてあげてね」

ぼくはふてくされて、うつむいたままだった。横に立っている、羽深先生の足元が見える。

ださー。くつ下は、ピンクと緑のしましまだ。しまはやたらと太かった。

「東京からだって」

ひそひそ、ささやき合う声が聞こえた。

「転入生、初めてだね」

うそだろ？　びっくりした。

東京でぼくが通っていた学校では、ほとんどの親が会社勤めだったから、転勤になるたびに転出・転入する生徒はめずらしくなかったのに。

　さっそく席がえがあった。三人の生徒が手分けしてくじを作った。先生ができたくじを小さな紙箱に入れると、みんな、わっと箱に群がった。自分の引いた番号を声高に叫び合っている。

　あきれてながめていたら、当たり前だけど、ぼくが最後になった。

「成瀬くん！　いらっしゃい。成瀬くんも引いてみて」

　引くも何もないだろ。これしかないじゃん。

　先生が差しだした箱の中に、四つ折りの紙切れが、ぽつりと一枚残っていた。開けてみると、〝15〟だ。

　はしっこの列の一番後ろがよかったのに、教室のど真ん中だ。思わず天井をあおいだら、頭上には、古い校舎にとってつけたようなスプリンクラーがあった。火事が出たら、真っ先に水を浴びられる。特等席だ。

「ねえ、みんな、なんか幸先がいいと思わない？」

　羽深先生はひとり悦に入って、着席した生徒たちをゆっくりと見回した。

「成瀬くんが来てくれたおかげで、男子と女子の人数が十五人ずつ、ぴったり同じになりました。クラス全体でちょうど三十人。ねえ、なんか気持ちいいわね」

くっだらないこと、喜ぶなよ、と思った。

なのに、けっこう反応があった。

「あ、ほんとだ」

「これで、多数決で女子に負けなくてもすむじゃん」

「ありがたや、ありがたや」

みんなが、がやがやしている間に、前の席の女の子がくるりとふり向いて、命令口調でいった。

「わからないことがあったら、あたしの背中、つつきなさい。相談に乗ったげるから」

体も顔もぼくより二回りは大きい。態度はもっとでかい。頑丈そのもの、といった女の子だ。

ぼくが背中をつつかなくても、その子はしょっちゅうくるりとふり向くことが、すぐにわかった。相談に乗るというよりは、あれこれ指図するのが趣味らしい。

「ね、ぞうきん持ってる？　持ってきてないね。二枚いるんだよ。一枚は掃除用だから使い古しでいいけど、一枚は給食の前に机をふくんだからね。きれいな方がいいよ」

「ね、持ちものに名前とか書くでしょ。ここ、一応一組ってことになってるけど、一組しかないわけだし。だれも組は書いてないよ」

「あっ、成瀬っていったよね？　どの学年にもいないはず。名字だけでいいわよ」

うるせぇな。

一分でも早く逃げだしたかった。

ところが、ようやく〝帰りの会〟とやらになって、教科書が一式配られるころ……。

「ね、あんた、どこに住んでるの？　おばあちゃんちに越してきたって、先生いってたけど」

またまた前の子がふり向いた。

ぼくはすでに立ち上がって、教科書をランドセルに突っこんでいた。「さようなら」と同時に、ドアへ向かってダッシュだ。

「佐治山」

ぶすっと、それだけ答えた。

「佐治山なら、あたしのうちの先じゃない。途中までいっしょに帰ったげる」

じょ、じょ、じょーだんを。

男子が三、四人、こっちを見てにやにやしている。そのうちのひとりが、通りすがりのふりをして耳打ちしてきた。

「あしたは助けてやるからさ。今日は咲良につき合ったれ」

「桜って顔かよ」

ついささやき返したら、相手は声をあげて笑いだした。

「あれ、佐治山なら、もしかして……」

咲良という子はしつこく食い下がった。

「多田さんのおばあちゃんち？　ねえ、ねえ、じゃあ、東京でＣＭとか作ってる人、あんたのお母さん？」

一瞬、ランドセルの留め金にかけた手が凍りついた。

「な、なんで、知ってるんだよ？」

思わず叫んでいた。

「なんで、っていわれても。知ってるんだから、しょうがないじゃない」

「だから、なんでだよ？」

「だって、有名だもん。別に怒るようなことじゃないでしょ」

怒りは急速にしぼんでいった。なんだか、がっくり疲れてしまった。

「さよーなら！」

全員の大合唱が終わるころには、ダッシュする気力はすっかり失せていた。操られてでもいるかのように、ぼくはおとなしく咲良のあとについて歩いた。ため息しか出なかった。

一本道を半分ほど来たところで、咲良は立ち止まり指をさした。

「うち、こっち」

「あ、そ。じゃ」

ようやく解放されると思った。

「何よ、寄りなさいよ」

「えっ、寄り道なんてできないよ」

「こんなの、寄り道っていう？　通り道みたいなもんよ」

みじめ過ぎて、もうやけくそだった。

「どっちだよ？　さっさとしろよ」

「あそこだってば」

咲良の指の先には、畑の中に生け垣をめぐらせたかわら屋根が見えた。昔ふうの農家だ。そっちに向かって、ぼくはさっさと歩きだした。

「ただいまー」

広い土間に立って咲良が声を張り上げると、「お帰り」と、応じながら、奥から女の人が出てきた。歳かっこうは六十代くらい、白いエプロン姿だ。咲良に似て、体格がすごくよかった。

「お父さんとお母さんは？」

「さっき、いっしょに農協へ行ったよ」

「そうかー。ねえ、おばあちゃん、成瀬くんだよ。東京から転校してきたとこ。多田さんちから学校、通うんだって」

「あらぁ、じゃあ、美奈子さんとこの坊やかね？」

がーん。今度はママの名前だ。田舎って、こういうとこかよ。プライバシーは存在しないのかよ。

「美奈子さん、元気かい？　おばあちゃんは？」

大人が相手だから、しょうがない。ぼくはしぶしぶ、「はい、おかげさまで」と、答えた。

今朝、採ったばかりという野菜を、ビニール袋にいっぱい持たされた。

「何か困ったことがあったら、すぐに走っておいで。多田さんも達者といったって、お歳だしね」

困ったことがあったら、つついたり、走ったりすればいいわけだ。ありがたいこった。だれがそんなこと、するかよ。

ぼくは不機嫌のかたまりになって、ぷりぷりしながら歩いて帰った。ビニール袋は邪魔くさくてしょうがない。でも、投げ捨てる勇気はない。頭にきて、立ち止まってのぞいてみたら、中身はインゲンとピーマンだ。

こんなの、おばあちゃんだって畑で作ってるでしょ。……ったく、よけいなことしてくれるぜ。重たいだけじゃん……。

ふてくされて、のろのろ歩いていると、「すぐに走っておいで」と、いわれた道のりも、すごく長い気がした。

そのうち、言葉にならないもやもやしたものが、どこからともなくわき上がってきた。もやもやは頭の中に徐々に広がり、やがてゆっくり回転するような気がした。回転して、何か形になりそうな予感がした。もしかしたら、おばあちゃんと関係がありそうだったけど、はっきりした形をとる前に家に着いてしまった。

おばあちゃんが走り出てきた。いつものセーターとだぶだぶパンツに着がえている。

「どうだったの、学校」

開口一番、たずねてきた。

最悪っ！　と、いいたいけど、

「あんなもんでしょ」と、かわした。

「あんなもんって、どんなもんだったの？」

「それより、これ、持ってけって」

ぼくはビニール袋を突き出した。

「あの、帰りに……」

咲良の名字は聞き忘れた。

「咲良って子に拉致された。チョーおせっかいなやつ。家に連れてかれた。そこのおばあちゃんが、これ」

「ああ、ああ、古賀さんですよ。大きな人でしょ？　あら、うれしいこと。インゲンとピーマンだわ」

「そんなの、おばあちゃんも作ってるじゃん」

「インゲンとピーマンは作っていません」

ぎょ、ぎょ。あのばあさん、それを知っててくれたのだろうか？　恐ろしい、と思った。

「ねえ、おばあちゃん。おばあちゃんて、いくつ？」

自分の声が聞こえてから、びっくりした。どうして突然、そんな質問が口をついて出たのか、わからなかった。

「歳ですか？　ええっとね、今年八十六になるのよ。そうそう、そうです。いやあね」

「ふうん」

おばあちゃんの歳が初耳なはずはない。でも、今までそんなこと全然興味がなかったから、気にもとめなかった。

自分の部屋に入ってから、しばらくじっとすわっていた。それから思いきって、ノートの裏表紙に、〝86〟と書いてみた。ママは〝40〟になる。「今年は大台にのっちゃう」と、お正月にもぐちっていたから、まちがいない。ぼくは〝10〟。

ぼくは三つの数字を、しばらくぼうっとながめていた。それから、おそるおそる40と10の間に、30と書いた。ママがぼくを産んだ歳だ。

じゃあ、おばあちゃんは、何歳でママを産んだことになる？

46！

結婚が早い人なら、孫がいてもおかしくない歳だ。

授業参観なんかに、親の代わりにおじいちゃんやおばあちゃんが学校に来る子がいる。けっこうみんな若々しい。健斗のおばあちゃんなんか、メイクも濃ければ洋服も派手で、バービー人形みたいで有名だった。るりちゃんのおばあちゃんは、小さな会社の社長さんで、ピンクや空色のスーツ姿がいつもばっちり決まっていた。

さっき会ったばかりの咲良のおばあちゃんだって、レスリングでもしそうにたくましかったじゃないか。

ぼくがおばあちゃんと歩くのが恥ずかしいのは、きっとおばあちゃんがいかにも年寄りくさいからだ。シワだらけで、着るものもかまわないからだ。小さな畑を元気に耕し、口は達者でにくたらしいこともぼんぼんいうくせに。

なんか、どこかがしっくりしない……。

ぼくはのそのそ台所へ出ていった。

「手は洗ったの？」

「まだ……」

おやつの用意をしているおばあちゃんを、横からじいっと観察した。丸い背中から首を前に突き出した姿は、不器用に立ち上がったカメみたいだった。

言葉にならない小さな疑問が、頭のすみにぽちっとはじけた。それは日がたつにつれ徐々に大きくなり、ついにははっきり言葉となってのどの奥に張りついた。でも、それを実際におばあちゃんにぶつけるには、さらに時間がかかった。

ある日、台所に立ってようかんを切っているおばあちゃんは、やっぱり立ち上がったカメに見えた。

ぼくは思わず、つぶやいた。

「おばあちゃんって……ほんとにぼくのおばあちゃん？」

おばあちゃんは黙っていた。

聞こえなかったのかな、と思った。耳だって確かにちょっと遠くなっている。

おばあちゃんは黙ったまま、ぬりもののお皿に安もののようかんを一切れのせ、その横におかきを盛りつけてテーブルに置いた。

チップス系の方がいいって、何度もいってるのに。

ぼくはお皿の前にぎこちなくすわった。でも、おやつに手を伸ばす気にはなれなかった。

あんなこと、聞くんじゃなかった。

聞いたそばから後悔した。聞こえていなければいいけど、と願った。

おばあちゃんはいつも通り、ぼくには冷たい麦茶を、自分には熱いほうじ茶をいれてから、ゆっくりと席についた。ぼくはうつむいたまま、かちんかちんに固まっていた。

「美奈子は話していないんだねえ」

おばあちゃんは、まるで歌うような調子でいった。

そのひと言で、これからおばあちゃんの話すことは、全て受け入れなければいけない、という気分になった。そんな柔らかな、でも、抵抗できない口調だった。

ぼくは思わず顔を上げ、おばあちゃんの目を探っていた。

「長い話ですよ」

ぼくは覚悟を決め、こっくりとうなずいた。

「おばあちゃんは、おばあちゃんなのよ。ただし、美奈子のね。だから、正しくいえば、翔ちゃんにとっては〝ひい〟おばあちゃんです」

ええっ？

でも、それで謎がとけた。おばあちゃんが、よその子のおばあちゃんよりずっと老けていても、当たり前だ。
だけど、どうして……？

「美奈子はきっと、翔ちゃんがもっと大きくなってから話すつもりなんです。先延ばしにしているんでしょう。話したくても、話せないんですよ。生涯、わだかまりは消えやしないからね」

ぷるっと首が震えた。これから何か、とんでもないことを聞かされるのだ。

「あの子はねえ、あんなにチャカチャカ忙しく飛び回っているけど、かわいそうな子ども時代を過ごしたの。

ああ、こんな言葉、使いたくないねえ。

でも、だからこそ、じっとしていられないで、飛び回るようになったのかもしれないわ。

実はね、美奈子は両親をほとんど知らずに育ったんですよ。あの子の母親、つまりわたしの娘は――明子っていう名前なんだけどね――美奈子が赤ん坊のころに病気で死んでしまって。わたしたち夫婦があの子の親代わりでした。

あの子の父親、つまり翔ちゃんのほんとうのおじいちゃんはね、間もなく再婚したの。新しい奥さんは、美奈子にとってはまま母になる人でしょ。意地悪するとか、つらく当たるとか、まさかそんなことはなかったろうけど、わたしは美奈子をあの人たちには渡せませんでした。『世話をかけるのはもうしわけない。自分たちで大事に育てる』と一度はいいに来ましたよ。

でも、明子の具合が悪くなってからは、うちでずっとめんどうをみてきたわけだし、美奈子もそれが当たり前だと思っていたでしょう。何がなんでも、この子はわたしが育てなければって……。

だけど……それはわたしのわがままだったんじゃないか、美奈子と父親の仲を引き裂いてしまったんじゃないかって……。眠れない夜なんかに、今でもね……」

おばあちゃんはうすっぺらい胸に、ぎゅっと拳を押し当てた。

ぼくは息をのんだまま、身動きさえできなかった。

「あの子は小さいころから、ちっとも手のかからない子どもだった。自分でも、しっかりしなくちゃ、と思いつめていたんだろうね。

だから、人一倍勉強して、無理にでも東京へ出ていって。こっちでお嫁にほしいという人もいたのに、がむしゃらにがんばった結果が、あれですよ」

おばあちゃんは目玉をくるっと回して、力なく笑った。

「仕事にしがみついている——そんなふうに思うこともあるけどね。長年の積み重ねで、そうなったんだろう。翔ちゃんには苦労をかけるけど、仕方のないことなんだよ」

知らなかった。

ショックだった。

エネルギーのかたまりみたいなママに、そんな悲しい過去があったなんて……。

「ほら、麦茶がぬるくなったでしょう」

いわれて、ぼくはコップの麦茶を一気に飲み干した。

おばあちゃんもほうじ茶をすすった。湯のみを両手で抱くようにして、しばらくどこか遠くを見るような目をしていた。

それから、のろのろと台所へ立っていったおばあちゃんを、ぼくはぼう然とながめていた。前かがみの後ろ姿は、ますますしぼんだように見えた。

顔のシワだの、流行おくれの洋服だの、そんなこと、どうだってよくて当たり前だ。

なんたって、ただのばあちゃんじゃない。ひいばあちゃんだっていうんだから。

ぼくは〝ひいい〟に免（めん）じて、気に入らないことも、頭にくることも、みんな許（ゆる）してあげなければいけないのだ、と思った。少なくとも、そのときは……。

「ねえ、ねえ、おばあちゃん。じゃあ、ぼくのことあずかるのも、ほんとうに大変なんだね？」

ようやく少し息がつけるようになってから、小さな背中（せなか）に向かってたずねてみた。

「ぼく、少しはお手伝（てつだ）いするよ」

「そんなこと心配しなくていいんです。おじいちゃんが亡（な）くなって十年以上もたつでしょう。だれかの世話をするのは、ボケ防止（ぼうし）にもなるっていうし。翔（しょう）ちゃんの世話くらい、喜んで引き受けますよ。美奈子（みなこ）はずいぶん気にしてたようだけど。

ただ、長いことひとりで暮らしてきたからね。わたしのやり方とちがうことには……そう、なんていうのかね……寛大になれないんですよ」

いいながらコップを片づけると、おばあちゃんはふきんでテーブルをごしごしふきまくった。最初のひとふきで、ぼくの前にたれていた麦茶は完全に消えたのに……。他人がこぼした麦茶は、どうしても許せないらしかった。

ぼくは、ふうっとため息をついた。

これじゃあ、どうしたって犬は無理だな、と思った。

第3章　やってやるよ！

新しい学校での、最初の一週間は長かった。早く週末が来ないかと、そればかりを考えた。授業中はまだましだけど、休み時間にはひとり浮いたままで、いたたまれない気分だった。

せめて窓ぎわの席だったら、よかったのに。外をながめていられたのに。ながめるふりはできたのに……。

ぼくは教科書やノートを整理したり、机の中にしまったり、出したり、ページをぱらぱらめくったり、あげくの果てには、落としてもいない消しゴムを探すような仕草さえしたくらいだ。

さすがに、こんなのみじめだ。

周りの生徒たちは、まだまだ、ぼくの様子をうかがっているだけだった。あたりさわりのないことしかいわない。興味しんしんなのはわかっている。でも、突っこんではこない。ぼくの方から壁を乗り越える勇気もない。

もうっ！　だから転校なんていやだ、っていったんだ。

咲良だけは、相変わらず、しょっちゅうくるりとふり向いた。ふり向いては、おせっかいとも命令ともつかない言葉を投げつけてきた。最初より少しは口調が優しげに思えたのは、単にぼくが咲良のものいいに慣れただけかもしれなかった。

でも、いっしょに下校するのはさすがに願い下げだ。だから、帰りのあいさつが終わったとたん、走っちゃいけない廊下をかまわず突っ走った。げた箱に直行し、スニーカーをつっかけるやいなや、校庭をまた走った。

ようやくやってきた土曜日。下校時のことだ。

ぼくが急いでくつをはきかえようとしていたら……。

「成瀬（なるせ）くん！　待ちなさいよ」

咲良（さくら）が後ろから呼（よ）びとめた。はあ、はあ、息を切らしている。猛（もう）スピードで追いかけてきたにちがいない。

おまえが走ったら、床（ゆか）がぬけるじゃん。

咲良（さくら）は手にした青いノートを、ぼくの鼻先にぐいっと突（つ）き出した。

「これ、まだよ」

「なんだよ」

「毎週、なんでもいいから、何か書くことになってんの。一行か二行でいいんだけど」

「そんなの、聞いてないよ」

「だから、今教えてあげてるでしょ」

「先生も、なんにもいわなかったもん」

「羽深（はぶか）先生はさ、いろんなこと、ちょこちょこ忘（わす）れるんだよ。こっちがフォローしてやらないとさ」

いい合っている間に、足はぴったりスニーカーにおさまっていた。すぐにでも駆けだせる体勢だ。ぼくは足踏みしながら、うわの空でいった。

「月曜日の朝に書くから」

「それじゃあ、あたしが持ってきた意味、ないじゃん」

「もーっ！」

ぼくは咲良の手からノートをひったくった。ぱらぱらめくってみて、驚いた。

最後の二ページは、ぼくの話題ばっかりだ。

〝初めての転校生が来ました。男女の人数が同じになった（水沢）〟

〝五年生になったなぁ、という気持ちがします。それは教室が変わっただけじゃありません。新しい生徒が入ってきたからです（佐川加奈）〟

〝ナルセというやつが来た。東京から（堤）〟

ぼくはおおげさにため息をつきながら、ランドセルを下ろした。ランドセルのふたを開け、ペンケースを取り出し、ペンケースのファスナーを開き、えんぴつをにぎった。

全く、めんどうなんだから……。

げた箱の前のスノコに直接ノートを置いて、しゃがんで仕事をやっつけた。

〝転校したのは初めてだ。田舎に住むのも初めてだ。つかれる（成瀬翔）〟

書き終えるころには、クラスの全員がぞろぞろやってきて、くつをはきかえていた。

「これで文句、ないだろ」

ぼくは咲良にノートを突っ返した。

「いつもどこに置いてあるか、教えたげる」

咲良はぼくを従えて教室に戻る気でいる。

「ええーっ。来週でいいじゃん！」

思わず大声で叫んでいた。

周りから、どっと笑い声があがった。

四、五人の男子が、おおげさに咲良をからかいだした。

「咲良ちゃーん、しつこくすると嫌われるよー」

「成瀬くんには、おれたちが教えといてやるからさぁ」

「はい、咲良はノート戻してきて。よろしくっ！」

ぼくの右どなりの席の子が、「ほら、行こうぜ」と、なれなれしく肩に腕を回してきた。仲野大輝とかいう兄貴肌のやつだ。

「帰ろ、帰ろ」

咲良をからかった連中が、ぼくたち二人を囲むような形でぞろぞろ歩きだした。

「サンキュー」

思わず、声が出ていた。

大輝がおおげさな調子でいった。

「おまえ、最悪のくじ、引いたもんな」

木下陸という子がぐちった。

「おれ、三年生のとき咲良の前の席になったことあるけどさ、五分ごとに背中つついてきやがんの。アザができたくらいだぜ」

咲良の前の席でも無事ではいられないらしい、とわかった。

ぼくを助けてくれた男子ばかりの集団は、六人だった。咲良の悪口をいいながら、ぞろぞろ校門までやってくると、大輝がみんなをぐるりと見回してからぼくに向き直った。

「あとで、みんなで遊ぶことになってるんだ。成瀬(なるせ)くんも、来ない？　ランドセル置いてから、ここに集合ってことで。どう？」

びっくりした。一瞬(いっしゅん)、どうしようか迷(まよ)った。

「わかった……」

結局そう答えたのは、みんなと打ちとけるチャンスだ、と思ったからじゃない。断(ことわ)るのがめんどうだっただけだ。

なんとなく気がせいた。足早に校門までやってくると、すでに五人、集まっていた。

大輝(だいき)と陸(りく)、ほかに安藤(あんどう)と、確(たし)か佐久間(さくま)というやつ。下校時のメンバーで、だれとだれがぬけたのかはわからなかった。代わりに、見たことのない小がらな男の子がいる。

「あ、これ、弟の瑛太(えいた)」

と、安藤(あんどう)がいった。

多分、二年生だろう。安藤(あんどう)のかげに隠(かく)れるようにして、ぼくを観察している。

「じゃ、行くか」
大輝が声をかけると、みんな、ぞろぞろ歩きだした。

どこへ行って何をするのか、みんなはわかっているのだ。知らないのはぼくだけだ。説明もない。とりあえず、あとをついていくしかない。

家とは反対の方角に、長いこと歩いた。歩きながらぺちゃくちゃしゃべる、という感じではなかった。ときどき、だれかがだれかをふざけてキックしたり、寄りかかったり、相手はそれを押し返したり……でも、なんとなくぎこちなく歩いていった。

これじゃ、往復だけで日が暮れるじゃないか。

だんだん不安になってきた。

やがて、山すその開けた場所に、平屋建ての廃屋らしきものが見えてくると、走りだした大輝を追って、みんなも走っていった。崩れかけた一対の石の門柱には、間にロープが張ってある。ロープに下がっている木の札には、かすれた字で「入るな」と、あったが、みんなはごそごそロープの下をかいくぐった。

昔の学校だ。取りこわされず、そのまま放置されているらしい。

「戦争の前に使ってた小学校だって」

佐久間が、ぼそりと説明した。

瑛太は安藤のトレーナーのすそを、ぎゅっとにぎっている。なんとなく体を寄せ合って、みんなひとかたまりになっていた。

こんなところで、どうやって遊ぶんだよ？

いやな予感がした。

大輝がもったいぶって、ぼくをふり向いた。目には挑むような色が浮かんでいた。

「おれたち、春休みに、みんな、もうやったんだ」

しーんとしている。

「なっ？」

大輝に念を押されて、みんな、しぶしぶうなずいた。

わっ、目いっぱいうそっぽい。第一、何をやったんだ？

「五年生に上がるとき、男子はみんなやることになってるんだ。だから、成瀬もやれよ」

完全にはめられた、とわかった。

何を企んでいるのかわからないけど、張本人は大輝だ。多分、あとのやつらは断れなかっただけだろう。瑛太は安藤から話を聞いて、興味しんしんついてきたはいいけど、こわくなったのだ。ビビった弟にしがみつかれ、安藤もビビっている。

ビビった人間を見ると、自分もビビるか、あるいは逆に肝がすわるかだ。

「やれ、やれって、何やりゃ、いいんだよ。やってやるから、先にちゃんと説明しろよ」

やけくそになって、挑戦的につめ寄った。

大輝は、ふん、とあごを上げた。

「校舎のこっち側からひとりで中に入るんだ。一番奥にある理科室まで行って、戻ってくる。証拠を持ってこいよ」

「証拠？」

「ビーカーとか、秤の重りとかさ。実験に使うだろ」

「そんな大昔の学校で、実験なんかしたかよ？」

「したんじゃない？」

「知らねえよ。おまえは何、持ってきたんだよ？」

「ガラスの皿。こういうの……」

大輝は両手で丸を作った。

「シャーレ？」

「ああ、シャーレだ」

アホか！

あんまり腹が立ったので、その勢いで、ぼくは校舎に向かってどんどん歩いていった。

外壁には、あちこち穴やひび割れがあった。窓や扉をふさいでいる板も、ぼろぼろに腐っている。でも、最近だれかが出入りしたような、大きな穴は見当たらない。

「で？　どこから入るんだよ？」

ぼくは声を荒らげた。

「おまえはどこから入ったんだよ？」

すぐ横にいた陸につめ寄った。

陸は「ど、どこだった？」と、大輝に助けを求めた。

大輝が答える前に、ぼくは通用口に打ちつけてあるうすっぺらい板に手をかけていた。両手でぶら下がるようにして、力まかせに手前に引いたら、板はベリッと音をたててはがれ落ちた。ほこりが舞い上がった。

黒々とした穴が開いた。板の内側に扉はなかったのだ。穴は、ちょうどぼくが横になってすりぬけられるくらいの幅だ。

これで、ほんとうに中へ入らなければならなくなってしまった。

ぞっとした。

ところが、ぼくは自分でも信じられないほど投げやりになっていた。後も見ず、カニのように横歩きして、穴の中へすべりこんだ。

「ね、あのおにいちゃん、だいじょうぶ？」

安藤を見上げながら、トレーナーのすそを引っ張っているにちがいない。瑛太のくぐもった声が耳の底に残った。

校舎の中は予想以上に暗かった。窓という窓が、板切れでふさがれているからだ。ぼくは通用口を背にして、しばらくじっと立ちつくしていた。ときおり、ぶるるっ、と背中を震えが駆け上がった。

暗さより恐ろしかったのは、胸が悪くなりそうな空気だった。腐りかけた古い木材、カビやほこりが入り混じった異様なにおい……。五分でもこんな空気を吸っていたら、肺はバイ菌でいっぱいだ。病気になって死んでしまうかもしれない。

死んだら、あいつらのところへぜったい化けて出てやる——固く決心した。パパとママのところへも、一度や二度は出てやろう。みんな、泣いて後悔するだろう。ざまあみろだ。

暗がりにだんだん目が慣れてくると、あちこちに開いた穴や板の継ぎ目から、春の午後の日差しが柔らかく差しこんでいるのがわかった。ぼくはうす明かりを頼りに、おっかなびっくり歩きだした。

廊下をたどってゆけば、校舎の反対側までまっすぐに行けるだろう。でも、通用口の目の前には壁が立ちはだかっていた。シミだらけの壁に沿ってそろそろ進むと、目ざす廊下に出た。少し先は、やけに明るい。どうやら屋根の一部が崩れ落ち、空から光がそそいでいるらしい。

しばらく行くと、わ、わっ！　床がない。屋根から雨がもれ、床板が完全に腐ってなくなってしまったのだ。木くずと土が混じり合い、じめじめした粘土みたいな地面を一歩一歩進んだ。

うー、気持ち悪い……。

足がつま先から、どんどん腐ってくる気分だ。生きたままゾンビになりそうだ。おまけに、廊下に沿って並んだ教室の暗がりからは、それこそ本物のゾンビが今にも躍り出てくるような気がした。

すぐにまた床が現れた。気味悪く湿った地面を歩かないだけでも、ずっとましだ。と、思った瞬間、ずぼっ！　左足が床板を踏みぬいた。

「ぎゃー！」

思わず悲鳴をあげた。

床板に足をかみつかれた、と思った。あわてて両手で足を引き上げていると、外からかすかに呼ぶ声が聞こえた。

「なるせー、だいじょうぶかー？　おーい、なるせー。だい・じょー・ぶー？」

ふん！　返事なんかするもんか。

ぼくは二度と足をとられないように、前より慎重に、一歩一歩、進んでいった。左脚のひざから下がヒリヒリしている。暗くて見えないけど、きっと板の裂け目でひっかいたのだろう。

やがて、廊下はほかの教室より大きな部屋に突き当たった。ついに目的の場所までたどり着いたのだ。

ドアは倒れ、壁もあちこちぬけている。うす明かりをすかしてのぞいてみると、大きめの机か台のようなものがいくつかあった。理科室といわれれば、確かにそれっぽい。

さあ、証拠だ。証拠を持っていかなくちゃ。

適当なものはなさそうだった。部屋中がごみだらけだ。天井や壁の破片が落ちてきて、そこらに積もっているのだ。

ビーカー？　シャーレ？　そんなもん、どこにあるよ！

おそるおそる部屋の中まで入っていくと、奥の壁は一面、収納場所になっていることがわかった。スニーカーの底にジャリジャリ、いやな感触でこすれるのは、上の棚にはめてあったガラスのかけららしい。下の部分は引き出しや戸棚になっている。とてもじゃないけど、そんなとこ、開けてみる勇気はない。

壁板の節穴から差しこむ光を頼りに、目をこらして見回すと、裸の棚にちらほら残っているものがある。土器のかけら？　石ころ？　何に使うのか……木の道具？　それから……？

そんな中から、わざわざこんなものをつかむだなんて……。まともな精神状態じゃないのが、わかろうというものだ。

ぼくの右手は吸い寄せられるように、小さな動物の背中に伸びていた。はく製か何かだ。それが何なのか、確かめるよゆうはなかったけど、あまりにも古くて、ひからびていて、今にも手の中でぼろぼろ崩れそうな感触だ。こわくて、気持ちが悪くて、「わー！」と、叫びだしたいほどだった。

でも、いったんつかんでしまったら、二度と離せなかった。手の平に張りついていた。

とにかく、帰らなくちゃ、と思った。来た道を戻ればいいだけだ、と自分で自分を奮い立たせた。

つかんでしまったものが体に触れないように、右腕を横へ突き出して歩きだした。穴だらけの長い廊下を、じめじめした地面を、うす暗がりの中を、駆けだしたい衝動をおさえ、用心しながら戻っていった。田舎の大昔の小学校だ。大きな建物であるはずがない。なのに、長い長い時間がかかった気がする。

ようやく通用口へたどり着いた。板のすきまをすりぬけるころになってから、全身の震えをおさえられなくなった。ひざが、がくがくして、立ち止まりたいのに、足が勝手にぎくしゃく動いてゆく。

大輝をはじめ、みんなは心配しながら、今か今かと待っていたのだろう。ぼくが出ていくと、言葉もなく、遠巻きにした。

ぼくは手にしたはく製を、みんなの前にぐっと突き出した。手は小きざみに震えている。そのときになって、初めてぼくにもわかった。つかんでいたのは百年前のキツネだった。

うわっ、とみんな飛びのいた。

「証拠だ。これで文句ないだろう」

ぼくは大輝目がけて、ぽんとキツネを放り投げた。みんなはさらに飛びすさった。キツネはごそっと地面に落ち、ばらばらになった。ちぎれたしっぽが、瑛太の足元に飛んでいった。

「ぎゃー」

瑛太は悲鳴をあげた。悲鳴をあげたのは、瑛太だけじゃなかった。ぼくも叫んだ気がする。

瑛太は大声で泣きながら、逃げだした。

「瑛太！　待てったら」

安藤が弟を追って駆けだした。

こんな場所には、もう一秒だって耐えられない。ぼくもひざをがくがくさせながら、走りだした。

気がつくと、みんなが団子になって、一目散に走っていた。

五十メートルほど行ったところで、草につまずいて瑛太が転んだ。すぐ後ろを走っていた安藤が、瑛太の上に倒れこんだ。瑛太はますます泣き叫んだ。

それをふり返った佐久間が次にひっくり返り、それを避けようとした陸はよろけてからすわりこんだ。大輝とぼくが最後にすわりこんだ。

みんな、はあ、はあ、あえぐばかりだった。

そのうち、ぼくは無性におかしくなった。理由はわからない。ただただ、おかしかったのだ。仰向けにひっくり返って、ひとしきり笑った。

笑ったのは、ぼくだけだった。


それから三十分後。

ぼくたち全員は、大輝の家のビニールハウスに忍びこんでいた。

「ほら、こっち、こっち。頭、下げろ」

大輝にいわれるまま、おっかなびっくりハウスに入ったとたん……。

うわー、甘ーい……。イチゴの香りだ。

見回して驚いた。ハウスの端まで長く伸びた棚には、見たこともないほど巨大なイチゴがなっている。赤く熟れたのは、ひと粒がぼくのにぎり拳ほどもあった。

「ここでじっとしてろよ」

大輝は背をかがめ小走りに、あっちから一個、こっちから一個、全部で三個のイチゴをつんで戻ってきた。

「おやじはどのイチゴが、どれくらい熟れてるか、全部、覚えてる。おれ、殺されるかも」

みんな震えあがった。

大輝は縮こまっている瑛太に向かって、脅すようにいった。

「いいか、今日のことはだれにも、ぜったいにしゃべるなよ」

横から、安藤が念を押した。

「ぜったいだぞ」

瑛太はいわれるままに、頭をがくがくさせて、うなずいている。

「学校の先生なんかに、死んでもいうなよ」と、大輝。

「わかった？」と、安藤。

「じゃあ、これ」

大輝が瑛太の手をとり、つみたてのイチゴをひと粒、手の平にのせた。

「食べてよし！」

まるで犬へのごほうびみたいだ。瑛太はどうしてよいかわからない。おどおどして、兄の顔を見上げた。

「早く食え」

安藤がせかしたので、瑛太はあわててかぶりついた。

とたんに、

「お、おいしー。おいしいよー」

瑛太の目が輝いた。

「チョコレートより甘いよ」

みんな、ごくりとツバを飲んだ。

大輝が、今度はぼくに向き直った。

「あのさぁ、悪かったよ……。おまえがほんとうにやるなんて、思わなかったからさぁ」

「やらなきゃ、やらなかったって、いびり続けるつもりだったんだろ」

「そういうわけじゃないよ。ただ、さぁ、東京から来たやつなんて、どうせ腰ぬけだって、だれかがいうからさぁ」

「おまえじゃないか」

佐久間が大輝をひっぱたいた。

「あ？　ああ、そうだっけ？」

大輝はもじもじした。

「こわかったよー。おまえが無事に戻ってこなかったら、どうしようかと思った。おれたち、殺人罪になるかと思った。あそこで首、つったやつがいるんだ。幽霊が出るって、ウワサもあるし。あそこではぜったい遊んじゃいけないって、学校でもいわれてるのにさー」

ゆ、幽霊……？

ぼくはあらためて、体中の毛が逆立つのを覚えた。

「こわかった？　何いってんだよ。こわかったのはぼくの方だ」

「悪かったよ。だからさ、これ食べていいから」

大輝はぼくの両手の平に、一個ずつイチゴをのせた。片方の手の平に二個はのりきらないほど大きい。

のどはカラカラ、お腹もペコペコなのを、急に思いだした。ぼくは、ひと粒目にがぶりとかみついた。くちびるから、甘い汁がたらたらと流れた。

「えっ、チョーうまいじゃん」

この世に、こんなに甘くておいしいイチゴが存在するなんて。信じられない。

ぼくは、じゅるじゅる音をたてながら、一個目を平らげた。みんなのうらやましげなまなざしをものともせず、続いて二個目にもかぶりついた。

いいよな。それだけのことをやってのけたんだ。やらされたんだ。だれにも分けてなんかやるもんか。

「おれだって食わせてもらえない」

大輝は、瑛太以外の三人にいいわけするようにいってから、ぼくを見た。

「銀座……」

ぼくは、オウム返しにつぶやいた。

「銀座？」

なんのことだ？

「うん、銀座だ。銀座の高級デパートとかで売ってるんだ。大金持ちがうちのイチゴを買って、箱の底に札束を敷いて、『へへー、お代官さまぁ』とかいってさ、悪だくみに使ったりするんだよ」

はっ？

「おまえ、『水戸黄門』の見過ぎだろ？」

佐久間が大輝の胸をこづいた。

「いや、ほんと。ほんとだよ。ぜったいそうだ」と、大輝。

ぼくは二個目のイチゴを食べ終わると、手の平についた赤い汁をなめとった。

「おまえんとこ、こんな高級果物ばっかり作ってるの？　善良な貧乏人が買える果物もあるのかよ？」

「となりのハウスは高級メロンだけど、あとは普通の果物だ。でも、すごくおいしいよ」

「ふうん……。おまえたちの家もこういうの、やってるの？」

ぼくがほかの連中を見回すと、

「うちは野菜だけだよ」

と、安藤がちょっと恥ずかしそうに答えた。

「うちは野菜と花」

陸（りく）が続いた。

次は佐久間（さくま）だ。

「うちはスーパー。幹線（かんせん）道路に一軒（けん）きりだから、すぐわかる。〝スーパー・サクマ〟って看板（かんばん）が出てるから」

「そっか……」

なんだか、いいなぁ、と思った。何がいいのか、どういいのか、言葉にはできない。

「みんな親の仕事継（つ）いで、農業とかするの？」

みんなが顔を見合わせて、ちょっと困（こま）ったような顔をした。

「多分……」

大輝（だいき）が自信なげに答えた。

「ほかにないし。それまでに、つぶれてなければの話だけど」

「つぶすなよ。つぶれないようにしろよ。バカだな。ぼくが善良（ぜんりょう）な金持ちになって、そのうち銀座（ぎんざ）でおまえのイチゴ買うからさ。こういうの、どんどん作れよ」

大輝（だいき）もほかの連中も、ぽかんとした目でぼくを見た。

家に帰る途中で、とんでもないことに気がついた。百年前のキツネをつかんだ手で、イチゴを食べてしまったのだ。ごていねいに、手についたイチゴの汁をなめとったりしたのだ。

わっ、吐きそう。

胃を裏返して洗いたい、と思った。

第4章　すてきな夏

廃校になった校舎でのきも試しがきっかけで、同級生とはすっかり打ちとけていた。ママに新しい自転車を買ってもらったから、放課後や休みの日はどこにでも気軽に行けるようになったし、大輝たちとはいつもいっしょに遊んでいた。

みんな、ゲームもすることはしたが、東京の友だちみたいにゲームオンリーではなかった。それよりは、雑木林で木に登ったり、上にのっかってるやつをふり落とそうと危険なほど枝をゆすぶったり、カタツムリを投げ合ったり……そんなことの方がずっとずっと面白かった。車はたまにしか通らないから、道路で自転車を乗り回したり、ところかまわずレスリングの技をかけ合ったりしてじゃれ合った。スーパー・サクマにはしょっちゅう自転車で乗りつけ、ジュースを飲んだりアイスをなめたりもした。

塾がないって、こんなに自由だったんだ。

東京ではありえなかったことだけど、ぼくはひとりでジョギングさえするようになった。おばあちゃんちの裏山に、毎日走って上るようになったのだ。

きっかけはタヌキだった。あるとき裏木戸の外を、タヌキが一匹うろついているのに気がついた。子連れではなかったけど、大きさからいってポンコにちがいなかった。

犬を飼ってもらえないのは、おまえのせいだぞ。

おばあちゃんに隠れて、ちょっとばかり、おどかしてやろう、と思いついた。

ぼくは足音をしのばせ、背後からそろそろと近づいていった。

追われているとわかったら、ポンコは足を速め、裏山を上りだした。

普通なら、動物は追われてまっすぐに逃げたりはしないだろう。すぐ横にそれて、草むらに逃げこんでしまうにちがいない。なのに、ポンコは人に慣れているせいか、ときどきぼくをふり返るようにしながら、山道をそのまままっすぐに駆け上ってゆく。ぼくは息を切らして追いかけた。

長いこと人の入っていない山だけど、細いけもの道は頂上まで続いていた。周りはかなりうっそうとした雑木林だ。

ぼくをからかうつもりなのか、ポンコはちょっとはつかまってもいいかという顔で立ち止まり、それからまたぱっと走りだす。最後には、ぼくは、「待て、待てー！」なんて、叫びながら走っていた。

頂上近くまで来ると、さすがにポンコはちょろりと右に折れて、草の中に消えた。こうなると、探しても見つけることなど不可能だ。ぼくはポンコはあきらめたが、ついでだからと、そのまま頂上まで上っていった。

頂上は開けていて、ながめがよかった。はあ、はあ、息を切らして、しばらく両手をひざについていたが、それからゆっくりあたりを歩き回ってみた。尾根を少し左にたどってゆくと、表面がつるつるした小さな白い岩があって、すわって休むのにぴったりだった。

タヌキとの同じような追いかけっこは、それからも二度あった。それがきっかけで、ぼくはひとりでも裏山に上ることを覚えた。ちょうど日の長い季節だったので、放課後、大輝たちと遊んだあと、夕ご飯の用意ができるまでのかっこうの暇つぶしになった。

木立の中の道は涼しくて気持ちがよかったし、頂上にある岩も親しみが持てた。岩の上にすわってひと休みするか、ハイタッチでもするようにポンとたたいてから、また坂を駆け下りた。

ああ、それにしても……犬を飼ってもらえなかったことは、いつまでも心残りだった。こんなとき犬がいっしょだったら、どんなに楽しかったろうになぁ。それがゴールデンなんかだったら、最高だったのになぁ。

ぼくの犬、ドリーが、息をはずませながらぼくの先を走っていったら、どんなにすてきだったろう。

ちぇーっ！

五年生は一学期と二学期に、職業紹介の特別授業があった。外部から講師を招き、仕事や経験を話してもらうことになっているという。でも、このあたりでは人材不足は明らかだ。たいていは父兄のだれかが狩りだされる羽目になる。

　というわけで、最初に頼まれ講師として登場したのは、〝スーパー・サクマ〟のオーナー、つまり佐久間のおじさんだった。

「やだなぁ。はっずかしい」

　佐久間はひどくめいわく顔だ。

「姉貴たちに聞いたらさ、ひどいことになるらしいんだ」

「ひどいって、どうひどいの？」

　ぼくがたずねると、「うーん」と、言葉をにごした。

　佐久間には姉さんが二人いる。だから、おじさんがこの授業に呼ばれるのは、三度目だった。

　おじさんは〝特別ミッション〟にすっかり慣れたらしく、画用紙に下手な手描きの〝フリップ〟を用意してきたほどだ。スーパーでの仕事の流れとか、品物の仕入れ方なんかが描いてあるらしい。

「毎度おなじみ、スーパー・サクマの佐久間でーす」

　お店で見かけるときと同じ短いジャンパー姿のおじさんは、軽いノリで黒板の前に立った。

計算や漢字の練習から一時間解放されるのだ。それだけでも、もうけものじゃないか。佐久間以外はみんな、わくわくしながらおじさんを見つめた。

「スーパーに来たことのない子はいないと思います。はーい、いないね？　スーパーにはいろんな商品が並んでます。たくさんの商品をどんなふうに管理するのか、今日は聞いてもらおうと思ってます。

まずは、ちょこっと流通についても話してみようと思います。いいですよね？」

おじさんは、後ろにひかえている羽深先生に視線を投げた。

「もちろんです。お願いします」

「流通ってのは、早い話がものの流れってことです」

ここで、まず、おじさんはせっかく用意してきたフリップを全部、床にまき散らしてしまった。みんなが笑いころげるより早く、自分が笑いだした。佐久間ひとりがしかめ面で、父親をかばうように、あたふたとフリップを拾い集めている。

「慣れないことは、するなってことだね。いや、これでも慣れたんだけどね。なんせ三度目のお勤めで……。はいはい、佐久間くん。あ、孝行息子の涼太です。ありがとね」

どう考えても、お笑いの雰囲気だ。

佐久間が拾い集めたフリップのうち、実際に使われたのは二、三枚だった。まじめな説明は十分間ほどしか続かなかったからだ。

「なんといっても、うちらの商売は集客が勝負です。集客って、わかるかな？お客を集めるってことね。ここらはただでさえ人口が少ないんだから、おれが一番苦労すんのも、そこんとこです。

で、いろいろ手を考えるわけ。みんなも知ってると思うけど、たとえば、〝スーパー・サクマ祭り〟は、夏や秋だけじゃないよ。毎月祭りだ。毎回、一週間もだよ。

はーい、では、これから〝サクマ音頭〟だ。みんなでいっしょに、さあいってみよー！」

「わーっ！」

みんなが、いっせいに立ち上がった。

♪魚もお肉もおいしいよー。ダイコン、ニンジン、足りてるかーい？♪

サクマの店内で、よく流れている曲だ。

♪お米もお酒も安売りだー。今日も祭りだ、サクマへおいで……♪

おじさんが声を張り上げると、みんなが踊りだした。羽深先生も両手をひらひらさせながら、うれしそうに踊っている。

♪よいよい、よいの、よよいのよーい……♪

割れんばかりの大合唱だ。

となりのクラスの先生が、何事かとのぞきに来たくらいだ。

なるほど。佐久間がいやがっていたのは、このことだったんだ……。

そんな具合で、特別授業は大盛況のうちに終わった。おじさんは最後に、「お母さんによろしくね」と、〝今週のお買い得〟のチラシを全員に配り、拍手に送られて去っていった。

「とても楽しいお話でしたが、どんなお仕事にも大変なご苦労のあることが、よくわかりましたね」

羽深先生はかみしめるような口調で、特別授業をしめくくった。

「職業紹介の特別授業は、もう一回、二学期に予定しています。こんな仕事をしている人のお話をうかがいたい――そんな希望や意見のある人は、先生のところまでいってきてください。希望に沿えるとは限りませんけどね。大統領なんていわれても、困っちゃうし」

咲良がくるりとふり向いて、確かめるような目つきでぼくを見た。

なんだよ、その目は……。

六月に入ったら、パパからしょっちゅう国際電話がかかってくるようになった。

それまでもときどきは、「翔、元気か？　どうしてる？」なんて、かけてきたことはあるけど、最近の電話にははっきり目的があったのだ。

「夏休みの予定はどうなってるんだ？　ベルギーには遊びに来るんだろう？　パパは楽しみにしてるんだぞ」

「あ、ああ……」

ぼくには答えられるはずがない。

ぼくは行ってみたいと思うけど、全てはママの一存にかかっている。はっきりいって、乗り気じゃないのはママの方だ。相変わらず、仕事が半端なく忙しいからだ。

会社は、長い休暇も取れ、取れ、というそうだ。けど、まとめて休むと前後の仕事がますます増えるから、短い休みを何度かに分けて取る方がママには都合がいいらしいのだ。

ぼくはつくづく、家にいてくれるお母さんを持つ友だちがうらやましかった。ぼくがこれまで背負ってきた全てのみじめな気持ちも、悲劇も苦労も、みんなママの仕事のせいだ。今回の海外旅行をふいにするとしたら、それもやっぱりママの仕事のせいだった。

「でも、なんとしてもおばあちゃんには、少しのんびりしてもらいたいわ……」

ママはそういって、結局、短い休みを二度に分けて取り、おばあちゃんを家事とぼくの世話から解放してあげることにした。その間に、ぼくは海水浴や映画に連れていってもらうことになった。

そんなわけで、パパは海外での家族水入らずの夏休みをあきらめなければならなかった。

「来年こそは、こっちでゆっくりいっしょの休暇にしような。必ず来いよ」

一年も先のことなんて、どうなるかわからない。だいたい、これまでぼくとの約束をいつも破ってきたのは、パパじゃないか。ママじゃないか。春休みのテーマパークだって、だれのせいで行けなかったよ？

ぼくは無責任に、「うん」と、答えた。

ぼくは学校のプールへ欠かさず通った。ほかにすることもなかったし、大輝たちもみんな来ていたからだ。なんといっても、近くにはゲーセンひとつ存在しないのだ。前の学校よりも、自由水泳の時間がずっと長い。完全にお遊びだ。

夏休みの初めごろのことだ。男子の間に、一挙に広がったウワサがある。羽深先生は、ときどきパンダの顔がプリントされたパンツをはいてくる、というものだ。

先生が水泳当番の日に、スカートをはいていたらチャンスだ、ということになった。自由水泳の時間に先生がプールサイドぎりぎりに立ったら、見える可能性が高い。先生の足元まで潜水していって、息つぎのふりをして、ぱっと頭を上げて盗み見る、というわけだ。

「おれ、パンダ、見たもんねぇ。竹、食ってたぜ」

などと、自慢するやつが現れた。

でも、うそかほんとか、わからない。単なる冗談のつもりかもしれなかった。

「あの歳でパンダかよ。うそだろ。幼稚園児じゃあるまいし」

「幼稚園児みたいなもんだよ」

「はぁ？　もうおばさんだろ」

「この前だってさ、アイスなめながら自転車こいでてさ。帽子、飛ばしてやんの」

休けい時間には、男子が頭を寄せ合って、そんなことをひそひそ、いい合っていた。

ピンクと緑のしましまくつ下だもんな。もしかしたら、ありかも……。

残念ながら、プールサイドの先生は、たいていTシャツにショートパンツ姿だった。

お昼ご飯を食べてからは、いつもの連中と自転車で村の北側の切り通しに集結した。

あたりの山を切りくずし、道路を造りかけたのはいいが、予算がなくて何年もほったらかしになっているらしい。地層がはっきり見えて、理科の教科書に写真をのせたいくらいの場所だ。

ぼくたちが目ざすのは、その地層の上にある貝塚だった。そこらで拾った石や木の枝を使って、何か目ぼしいものを掘り出そうと夢中になった。目ぼしいものなんてうまっているはずもなかったし、そもそもうまく掘れなかったけど……。

それでも、昼過ぎの暑いさなか、木かげひとつない切り通しで、毎日あきずに貝がらだか土だか、見分けのつかないものを掘り返した。べちゃべちゃ、たわいないことをしゃべりながら。土を掘るのがただ面白かった。ここでも、羽深先生のパンツは定番の話題だった。みんな全身汗だく、手足はどろまみれだ。

途中で、佐久間が自転車のかごから缶ジュースを取り出して、おごってくれる。頭が痛くなるほど、キンキンに冷えている。ジュースを入れたスーパー・サクマのビニール袋には、ドライアイスもいっぱい詰めこんであるからだ。

あんまり冷え過ぎて、ジュースが凍りついていることもあった。すると、だれが先に全部飲めるか、凍ったジュースを溶かす競争になった。両手で缶を温めると、すぐに手が冷えてビリビリしてくる。溶かしながらちびちび飲むやつもいれば、全部溶かしてから一気に飲んだ方がおいしい、というやつもいる。

ぼくはいつもその中間だった。ちびちび飲んだら味がわからない。のどの渇きもおさまらない。全部溶かそうとすれば、少しずつ溶かすより時間がかかるような気がしたからだ。

ぼくは夏休みの間も、夕方になると相変わらず裏山の頂上まで、しょっちゅう走って往復していた。最初はすぐに疲れて重たくなった足が、だんだん軽くなっていくのがわかった。その感覚がうれしくて、また走る、という具合だった。汗だくになるのさえ快感になっていた。

ある週末のことだ。おばあちゃんちに来ていたママが、いっしょに散歩しようといって、裏山についてきたことがある。そして、ぼくが山道を駆け上がるのを見て、びっくりした。

「ど、どうしたの？　翔ちゃん。えらく足、速くなったじゃない。うわっ、ついていけない。足、つりそう……」

「慣れないスニーカーなんか、はくからでしょ。いつものハイヒールの方が走れるんじゃない？」

「もうっ！　先に行ってて。でも、上で待っててよ」

頂上の木かげに足を投げだし、あきるほど休んでいたら、ようやくママがあえぎながら上ってきた。

「だめだぁ。足腰、完全に弱ってる……」

「おばあちゃんの方が元気じゃん」

「ほんと、ほんと。あの人は怪物だ」

おばあちゃんは毎日、畑仕事を終えてから、前に突き出した首をこのときばかりはまっすぐに伸ばし、頭のてっぺんを畳につけて逆立ちだってするのだ。

「ねえ、首、折れない？」

さすがに心配になる。

「こうでもしないと、全てのものが地球の中心に向かって落っこちていくんだよ」

「はぁ?」

「頭に血を戻さないといけません」

それが逆立ちの理由らしいが、戻り過ぎても脳みそが破裂しそうな気がする。けど、いったん決めたことは頑として譲らない。年寄りだからなのか、頑固だからなのか——多分、その両方だろう。

ママは、はあ、はあ、いいながら、ぼくのとなりにどっと倒れこむと、切れ切れにいった。

「わたしも若いころは、毎日のように上ったのになぁ。中学校も高校も、陸上部だったから、トレーニング。けっこう、走るの速かったのにな」

「えっ、そうなの? そんなの、知らないよ」

「うそ、知ってるでしょう」

「聞いてないもん」

「話したわよ」

ママはまだ荒い息をもてあましている。

「ね、いつもどうしてるの？　ここから今の道をまた下りるの？」

「そういうときもあるし、このあたりを、もうちょっとうろつくこともある」

ママは一瞬、何かを思いついてから、迷ったように見えた。

「翔ちゃん。こっちに少し行くと、白い岩があるの、知ってる？」

「うん」

「行ってみる？」

「いいよ」

「何十年も行ってない。昔のままかしら？　なんか、ちょっと……こわいな……」

ママがいうのは、ぼくの気に入っている岩のことにちがいない。ぼくが先に歩いていくと、ママがあとからついてきた。尾根伝いに二、三分歩くと、木のまばらな見晴らしのいい高台に出る。その一角に岩はあった。

「あれのことでしょ？」

ぼくは指をさして走っていった。

ふり返ると、近づいてくるママの足どりはやけに重かった。ぼくのことなんか眼中にないみたいに、黙りこくって歩いてくる。顔つきは深刻で、五分前のママとは別人のようだった。

ママは長い間、岩を見下ろして、凍りついたように立ちつくしていた。ぼくはそんなママを横目でちらちら盗み見ていた。

やがて、ママはふうっ、とため息をつくと、「ちっとも変わってない」と、つぶやいた。

「すわってみる？」

ママは岩のつるつるした表面に手を置いた。いつものママに少し戻っていた。

「いいよ」

ぼくはママと並んで岩に腰かけた。ちょっときゅうくつだったし、心は少しこわばっていた。もしかしたら、ここはママにとって、何か重要な意味のある場所なのかもしれない、と思ったからだ。

「よくひとりで、ここにすわったの」

ママがつぶやいた。

「昔ね、ママが確か中学生のときよ。この岩の上に、手紙を置いたことがあるの」

手紙……？

「次の日に来てみたら、なくなってた」

ぼくはおそるおそる、いってみた。

「凧に……飛ばされたんじゃないの？」

「うん。もちろん、そうよね。でも……ちゃんと届（とど）いた。そう思った。そう信じたかったの。手紙の相手はね、お母（かあ）さん」

そういうことか……。

おばあちゃんから聞いた話を思いだした。

何かいわなくちゃ、とあせった。でも、言葉が見つからない。ぼくは、ただうなずいて、「おばあちゃんから、聞いた」と、いった。

「そう？」

ママは無理にほほえんでから、もう一度、「そうか……」と、つぶやいた。

それから二人（ふたり）して、黙（だま）って空をながめた。長い間、じっとながめていた。ぼくは、心も体もまだこわばったままだった。ママはきっと、すごくつらかったんだな、とあらためて思った。

そのうち、突然、ママが遠く南の空を指さした。

「あっ、飛行機」

「えっ、どこ？」

「ほら、あそこ。わかる？　あのあたりね、よく飛行機が横切っていくの。はるか海の上ね」

「ん？　ああ……」

「ママね、しょっちゅうここにすわって、いろんなことを考えたわ。特に高校生になってからかな。すると、ときどき今みたいに、あのあたりを飛行機が飛んでいくのが見えるの。あこがれたなぁ。どんな人が、どうしてあの飛行機に乗っているのかな、どこへ行くのかなって、いつも、いつも、考えたわ。

そして、わたしもいつかぜったいあれに乗るんだ、どこか遠くへ行くんだ、広い世界に出ていくんだって、心に誓ったわ。

今になってみると、ふるさとっていいなと思うけど、あのころは、悲しいことしかない場所だと思ってた。逃げだしたかったのよね。過去から。自分の背負ったものから。自由になりたかった。

そのためには、一日も早く自立したかったの。ちゃんとお金をかせげるようになりたかった……いっぱい。おじいちゃん、おばあちゃんに世話をかけるのも心苦しかったし。

それに……それにね、心のすみには、わたしは父親に捨てられたんだ、っていう悔しさがどうしてもあったの。一人前になって、父を見返してやりたい、みたいな……そんな気持ちがあった。

おばあちゃんは、そうじゃない、おまえがそんなふうに思ってたとは知らなかった。わたしのせいだって、すごく泣いたことがあった。わたしが東京で就職するときだったかな。

自分だけじゃない。わたし、みんなにつらい思いをさせたんだよね。きっと父にだって……」

「それで……お父さんとは、ときどきは会ったりしたの？」

ぼくがおそるおそるたずねると、ママは激しく首を振った。

「わたしが小さいころは何度か来たらしいけど、覚えてない。覚えてないんだから、来なかったのとおんなじよ。再婚したら、すぐに子どもができたらしいし、目の前の家族の方が大事になったんでしょ。
もう父のことは……忘れた、忘れた。
ママにとっては、おじいちゃんとおばあちゃんが、名実ともに大事な両親」

ぼくは黙って、さっき飛行機が飛んでいったあたりの空を見つめていた。何をいったらいいのかわからなかったし、どんな言葉もむだだ、と感じた。

ママは大きく息をはいた。

「二度とここにすわることはない、と思ってた。捨てたものの象徴みたいなものだもの。もしかしたら、ようやくいろんなこと、許せるというか、受け入れられるようになったのかも」

そこで、ママは気恥ずかしいのをごまかすように、くすっと笑った。

「翔ちゃんがすごくたくましくなったのを見たら、なんか……わだかまりが、ふうっと溶けたみたいな気がする」

「ふぅーん」

ママの話は全部理解できたわけじゃない。でも、なんとなくわかるような気がした。

　ぼくは気を取り直し、ちょっとおどけていった。

「飛行機に乗れるようになって、よかったね。ついこの前も、出張でロス、行ったじゃん」

　もちろん、そういう意味じゃないのは、ぼくだってわかっている。

「乗ってみれば疲れるだけよね、飛行機なんて。ゴーゴーうるさいし、空気は乾燥してるし。七、八時間も乗ったら、向こうに着くころには、確実に目じりのシワが増えてるんだから」

　さばさばしたものいいは、早くもいつものママだった。


　夏休みのプールで皆勤賞をもらったのは、初めてだ。賞といっても、〝皆勤賞〟と書いた小さな紙切れ一枚だけだけど。

　羽深先生差し入れのアイスは、みんなが一本ずつもらった。

「へえ、差し入れだって。ハブカッチも、いいとこあるじゃん」

「自分が食べたかっただけだろ」

「サクマの安売りに決まってら」

みんな興奮してわいわいいいながら、プールサイドにすわって、ぺろぺろなめた。男子は、だれの舌が長いか、すぐに比べっこになった。女子はバカにして乗ってこないのに、羽深先生は大輝と並んで、べーっ、とやっている。

水から上がったあとの疲労感が、全身を快く包んでいる。焼けたコンクリートに投げだした脚が、やたら長い気がした。きっと夏休みの間に、背が伸びたんだ。ぼくはプールサイドのフェンスに背中をあずけ、晴れ渡った空を見上げた。

思わず、くすっ、と笑いがこみ上げた。


その日はプールの最終日だったので、タイムを計ることになった。泳ぐグループと、ストップウォッチで時間を計測するグループが途中で交代することになった。

ぼくは得意なクロールで、調子よくスタートした。快調に飛ばせるはずだった。なのに、途中で、ガボッ、と水を飲んだ。

息つぎのとき、水を飲むことはある。でも、普段はあまり気にしない。前に通っていたスイミングスクールの先生に、たたきこまれたからだ。

「水は飲んでも気にするな。栄養だと思って、飲んじまえ」

なのに、今日はなぜか、飲んだとたんに、ぷつっ、とやる気が失せてしまったのだ。

「先生、もう一回いいでしょう」と頼めば、羽深先生のことだ。必ず「いいわよ」と、いうに決まっている。

ぼくは泳ぐのをやめて、プールの真ん中で立ち止まった。

すぐさま、プールサイドからヤジが飛んだ。

「翔、何やってんだー！」

「咲良に負けて、どうするよー！」

陸や佐久間たちの声だ。

「ドンマイ、ドンマイ」

ぼくは水中メガネを頭の上にずらしながら、ヤジの主たちをふり返った。

ちょうど羽深先生が、先頭を行く大輝と平行にプールサイドを歩いていた。

あれっ、今日はスカートじゃん。

気づいた拍子に、空色のミニスカートは、ふわりと風にあおられた。

あっ、パンダ！

一瞬のことだった。

錯覚？

いや、確かに……。

だれにもいわなかった。

日に焼けたフェンスが、寄りかかっている背中をフェンスの網の形に温めている。見上げる空は真っ青だ。

ふと、すてきな夏だな、と思った。

うん、とってもすてきな夏だった……。

第5章　やっぱり目立ち過ぎ

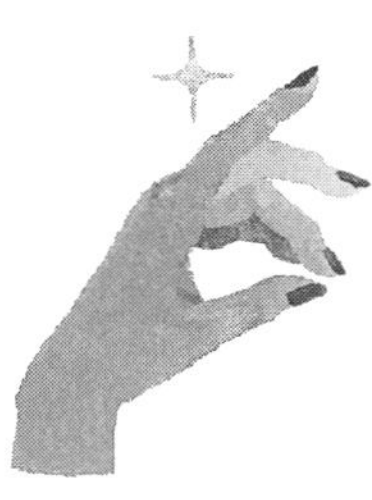

二学期が始まった。学校では恒例の席がえがあった。前回で要領がわかったから、今回はリキを入れてくじを引いた。なんとしても、咲良から離れたい。

引いた番号は……えっ、また〝15〟？

みんながランドセルをかかえて移動するのを、ぼくひとり、同じ席にすわったままながめていた。一番の注目は、もちろん咲良がどこへ移るかだ。

咲良はランドセルをひょいと抱き上げたとたん、二秒後にはもう机の上に下ろしていた。歩いた距離は、たった二歩。ぼくのすぐ右どなりだ。

冗談かよ……。

「何よ、その顔。あたしのそばじゃ、いやみたい」

ぼくの不満そうな目つきを見とがめて、咲良はからんでくる。

「わかんないかなぁ。うれしくて泣きそうなんだよ」

「あら、やっぱり？」

もうっ！

ため息をついているところへ、立ち歩いている生徒たちをかき分けて、羽深先生が近寄ってきた。

「また同じ席ね。ラッキー！」

何がラッキーだよ？

「ね、成瀬くん。今度の特別授業のことなんだけど。今学期の職業紹介のお話は、成瀬くんのお母さんにお願いしたいのよ」

「えっ？」

思わず立ち上がっていた。

「広告代理店で活躍されているでしょう。このあたりでは、そういうお仕事されてる人はいないから、みんなすごく興味があると思うの」

うわっ、きた！

そういえば、佐久間のおじさんが帰ったあと、いやな予感がしたんだっけ。先生が、次の特別講師の希望があったらいってきてください、みたいなことをいったときだ。咲良が意味深な目で、ぼくをふり返ったのを思いだした。

ぼくは首を回して、咲良を思いっきりにらみつけた。咲良は最初からそっぽを向いている。でも、先生の話には耳をそばだてているのがわかる。

ぼくは、どさっ、と音をたてて椅子にすわり、聞こえよがしに断言した。

「ぜったい無理だと思います。チョー忙しいから、休みなんか取れません。ぼくんとこにも、土日に来るか来ないかです」

「うーん、そうか……。無理かなぁ。そこをなんとかお願いできると、うれしいんだけどなぁ……」

「ぜんっぜんだめだと思います」

「うーん。ま、また、あとで……」

そろそろ全員が席についていた。先生はうなりながら戻っていった。

想像するだけでうんざりだ。ママがみんなの前に立って、仕事の話をするなんて……。

きっとしゃべりまくって、止まらなくなるにちがいない。第一、張り切ってどんなかっこうをしてくるか、考えただけでも恐ろしい。真っ赤なスーツを着て、アイラインを二倍の太さに描いてきたりしたら、どうしよう。浮いちゃって、大変だ。

先生が直接ママに頼んでも、ぜったい断るようにいわなくちゃ。

夜になるまで待てなかった。うちに帰ってすぐ電話した。つながったとたん、「翔ちゃん？　今、会議中。あとで」と、切られた。三十分後、また電話したら、「お客さんとミーティング中よ。あとで、あとで。緊急じゃないでしょ」と、切られた。

夕方、ママの方からかけてきた。

「さっきは、ごめん、ごめん。で……？」

「あのさぁ、一学期にもあったんだけど、特別授業ってのがあるの。職業紹介っていうのでさぁ……」

「ああ、その話ね。羽深先生からお電話いただいたわ。せっかくだから、お引き受けしました」

「うそっ。いつ？　いつ電話あったの？」

「うーん、何時だったかな？　今日の午後よ」

会議やミーティングの合間をぬって？　するっとつながったわけ？　先生、一体、どういうタイミングで電話したんだよ。

「ねえ、ママ、やめてよ。やめた方がいいよ。お休みだって、取れないでしょう」

「いつも取れないから、たまにはがんばって取ることにしたわ」

がんばり方がちがうだろう。

翌朝、羽深先生がうれしそうに発表した。

「今度の職業紹介は、成瀬美奈子さんにお願いすることになりました」

みんなが、いっせいにぼくをふり返った。

「東京の広告代理店で、ＣＭのお仕事をされています。みんなもテレビで知っている〝スター・ビール〟や〝チーズ・イン・せんべい〟などの宣伝も、担当されたことがあるそうです」

「わーっ」

と、感嘆の声があがった。

「すげー」

「小杉雄太と知り合いかな？」

「サインとかもらえるのかな？」

小杉雄太というのは、スター・ビールのＣＭに出ていた野球選手だ。

佐久間だけが同情してくれた。いや、同情っていうのとも、ちょっとちがう。

「おれの気持ちがわかったか」

そういったのだ。勝ち誇った口調に近かった。


特別授業の前日、ママはぼくが寝る時間になっても着かなかった。

そんなに忙しいなら、引き受けなければよかったじゃん。特別授業なんか、このまま踏み倒しちゃえばいいのに。

なかなか寝つけなかった。

翌朝、おばあちゃんに起こされたときには、ママはとなりの部屋で眠っていた。

「昨日、おそかったんだから、まだ寝かしといてあげなさい」

おばあちゃんがささやいた。

夜中にタクシーを飛ばしてやってきたらしい。

「ねえ、ママ！　ママってば！」

ぼくはかまわず、ママをゆり起こした。

「んん……翔ちゃん？　今、何時？　あら、ずいぶん早いのねえ。いやぁ、まいったわぁ。授業の準備をする時間が、なかなか取れなくて」

そんなこと、どうでもよかった。

「ねえ、ママ。たのむからさ。今日は地味ーなかっこうで来てよね。メイクもやめといてよ」

「ええ？　この歳で、ノーメイクじゃ外に出られないわよ」

「じゃあ、いつもよりも控え目ということで。いーい？　わかった？」

「了解、了解。お願いだから、もうちょっと寝かせて……」

特別授業は三時間目だった。朝からみんな、なんとなくそわそわしていた。二時間目の国語が終わるころになっても、ママが現れる気配はない。

家でまだ寝てるわけじゃないよね。ちょっと心配になった。

休み時間に入る寸前、羽深先生が声を張り上げた。

「次はいよいよ職業紹介の時間でーす。みんな、理科室に移動してー」

じゃあ、ママは直接、理科室に行ったのか。

ぼくは廊下をのろのろ歩き、みんなにまぎれるようにして理科室に入っていった。

ママは腕を組み、にこやかに笑いながら、窓を背にして立っていた。よゆうたっぷりの表情だ。何時間か前、「もうちょっと寝かせて……」などと、うなっていたのとは別人だ。黒のパンツスーツに、小さいゴールドのブローチとピアス。地味にまとめたつもりらしいけど、ほら、伸ばした爪が赤いじゃん。

黒板は映写用のスクリーンで隠れていた。横にずらした教卓の上には、ママのノートパソコン。スクリーンの正面には、小さな台の上にプロジェクターがセットされている。佐久間のおじさんのときとは、えらいちがいだ。

会社でやるプレゼンじゃあるまいし、〝パワーポイント〟なんか使うなよ。黒板に手書きの説明でいいじゃん。

みんな興味しんしんだ。ママをじろじろ盗み見ながら、グループに分かれて実験用の机についた。机の上には、生徒に渡すプリントが、会社のロゴ入りえんぴつと共に人数分ずつ用意されていた。

準備ばんたん、整っている。プロっぽい。というより、プロなのだ。それだけで、みんなはすでに感動の面持ちだ。遠慮がちにえんぴつを取り上げると、しげしげとロゴをながめ、まるで会社の会議室にでもすわっているような気分になっていた。

ぼくはどんな顔をしてママを見たらいいのか、わからなかった。ママはにっと笑って、右手の指だけをひらひらさせ、ぼくに合図を送ってよこした。もちろん、ぼくは無視したけど。

羽深先生があらためてママを紹介した。ママと並んで立つと、先生はまるで子どもみたいに見えた。

後ろのドアが開く音がした。ちらっとふり返ると……校長先生だ。校長先生のあとからは、ちょうど授業がない先生や保健の先生が、三人もぞろぞろ見学に入ってきた。きっとママのことは、先生たちの間でもウワサになっているのだろう。

ママはちっとも動じない。

「みなさん、こんにちは。広告代理店で営業の仕事をしている成瀬です。短い時間ですが、今日は宣伝のことをお話ししてみましょう。ひとり一部ずつ、レジュメを用意しましたが、わたしがお話しすることのまとめですので、今は使わなくてけっこうです」

「レジュメって何？」

ひそひそいう声が聞こえた。

「だからぁ、まとめってことじゃないの」

だれかがささやき返している。

「みなさんは、広告とか宣伝という言葉を聞いたとき、まずどんなものを思い浮かべますか？

テレビのＣＭ、ラジオ、新聞や雑誌の広告、チラシ。最近はインターネットも重要ですね。バスや電車の中づり、ダイレクトメール……。いろんなものがあるわね」

　ママはスクリーンに最初に映しだされたリストを、〝レーザー・ポインター〟でさしながら、子ども向けにゆっくり話しだした。ポインターは、赤い光線が出るタイプのものだ。

「あれに似た刀、『スター・ウォーズ』に出てきたよね？」

　陸の声にちがいない。

「こういう宣伝の方法を、わたしたちは〝媒体〟と呼んでいるんですが、宣伝する製品によって、どういう媒体を選ぶかが大事なんです。

　たとえば、お人形さんの宣伝を例にとって考えてみましょう。かわいいお人形さんです。ラジオで宣伝しても、かわいさは見えませんね。テレビならいいかもしれません。でも、そのＣＭを子どもが寝ている真夜中に流したのでは、全く効果がありません。女の子が好んで見るような番組で流さないと、だめですね。女の子に『これがほしい』と、いってもらわないと、お人形は売れないんです。

　少ない費用で、売り上げを最大限に上げる——そのために、それぞれの製品について、どういう媒体を使って、どんな宣伝を、いつ、どのくらいの量、流すか。そんなことを考えて、実行する。わたしはそういう仕事をしています。

もちろん、ひとりでできる仕事ではありません。製品のメーカーの方、CMの制作担当者をはじめ会社の様々なスタッフ、新聞社やテレビ局の担当者などなど、たくさんの人たちがかかわってきます。

では、もうちょっと具体的にお話ししてみましょう」

みんな息をひそめるようにして、一心に耳を傾けていた。

ぼくはぼうっとママを見つめていた。まるで初めて見る人みたいな気がした。考えてみたら、こんなふうに筋道だって仕事の話を聞いたことは、一度もない。なぜだかわからないけど、胸がしめつけられるような感じがした。

ママの話に割り当てられた時間は、三十分。ママは一分の誤差もなく、きっちり話をまとめた。人前で話すことに慣れている証拠だ。

「質問や意見のある人はいますか？」

しばらくは、教室は水を打ったように静まり返っていた。

「どんなことでもいいのよ」

ママにうながされて、おずおずと最初に手を挙げたのは、咲良だった。

「広告の仕事は面白いですか？」

「ええ、とっても。もちろん、面白いことばかりじゃありません。壁にぶつかることも、しょっちゅうです。でも、なんとか乗り越えるのも仕事の醍醐味です。いいことも、悪いことも、ひっくるめて面白いですよ。この仕事が好きだからだと思いますが」

「あのお……」

咲良はいいにくそうに、でも、思いきってたずねた。

「どうやったら、広告代理店で働けるようになりますか？」

「そうですね、CMの制作をするような人たちは、やはり美術やコンピュータを勉強した人が多いですね。わたしのような営業職は、特に資格が必要なわけではありません。ま、入社試験を受けて、まずは合格してください」

「なんだよ、咲良もやりたいの？」

だれかがいった。

「うん。ぜったいやる。成瀬さんみたいになりたい」

咲良が宣言した。

ひやかしの声が起こった。それで、みんなの緊張がとけた。

陸が手を挙げた。

「〝スター・ビール〟のＣＭに、小杉雄太が出てたじゃないですか。サインとか、もらっちゃったりしましたか？」

「そうね、くださいとお願いすれば、いただけたと思いますけど。いっしょに仕事をする人ですから、そういうことはお願いしませんね」

「えー、もったいない」

だんだん教室が騒がしくなった。

加奈が手も挙げずに、質問を投げかけた。

「江口くんって、どんな人ですか？」

江口龍は、テレビＣＭの中で〝チーズ・イン・せんべい〟を十五秒間に三十枚食べた人気タレントだ。

「あー、江口くんね。そうね、テレビで見る通りの、とってもすてきな青年ですよ。脚は長いのに、くつのサイズは二十五です」

女の子たちが、「きゃー」と、叫んだ。

江口は身長が百八十センチもある。なのに、くつのサイズが二十五だと、かっこいいのかどうかわからない。ママは、ほかに江口の長所（？）を思いつかなかったのだろう。

うちで夕ご飯を食べながら、ぼくにぐちったことは公の場ではいわないのだ。

「あんなおバカ、見たことない。たった五行の台詞も覚えられないのよ。おかげで、撮影終わらなかったじゃない。

おまけに、長い脚をこれ見よがしにくつのまま、椅子やテーブルにのっけて。ほんと、やなやつ。どういうしつけを受けたんじゃ。親の顔が見てみたい」

ママが江口のくつのサイズを知っているのは、テーブルに突き出された足にがまんがならず、皮肉たっぷりに、「くつのサイズはおいくつ？」って、聞いたからだ。

ママの特別授業は、静かな興奮とでもいうべき余韻を残して終わった。ぼくが想像していたのとは、全くちがっていた。子どもを相手に話しても、ママはあくまでもプロの姿勢をくずさなかった。

「成瀬くんのお母さん、かっこいいね」

「すごいお母さんだね」

女の子たちが口々に、そんな言葉をささやいてきた。

ぼくはむっつりして、顔も上げなかった。実は、ぼく自身もそう思ったからだ。初めてそう思ったからだ。ママを誇らしく思ったからだ。でも、それを素直に認める気にはなれなかった。

その日の午後、家に帰ると、ママはすでに東京に戻ったあとだった。

「何度も仕事の電話が入ってね。ぶつくさいいながら、会社に行きましたよ。今日ぐらい、ゆっくり休めばいいのにね」

と、おばあちゃんがいった。

約束していた夕食の焼き肉はすっぽかされたけど、ぼくはある意味、ほっとしていた。今夜だけは、ママと顔を合わせたくなかった。

ママがいれば、必ず授業の感想を聞かれただろう。自分が感じたことは、うまく言葉にできないし、第一、意地でもいいたくなかった。同級生の賞賛の言葉も伝えたくない。「みんなが、すごいお母さんだね、かっこいい、っていってた」

なんて……。

うそやお世辞じゃないからこそ、よけいにそんなこと、いいたくなかった。

それに……。

仕事のできるママのかげには、いつだってその犠牲になってるぼくがいる。そのぼくが感心しててどうするよ？

ひねくれて、すねた気持ちがくすぶっていた。

第6章　不死身のくそばばあ

「あら、ポンズがいないわ。まあ、どうしたのかしら？」

ある日、ガラス越しにポンちゃん一家の食事をながめていたおばあちゃんが、心配そうな声をあげた。

ぼくは食べかけのおせんべいを手にしたまま、のそのそ立ち上がっていった。

「木のかげに隠れてるんじゃない？」

おばあちゃんは、首を左右に激しく振った。

「事故にでも、あったんじゃないだろうねぇ」

「そんなこと、ないでしょう」

ぼくはたいして気にもせず、おせんべいをバリバリかじった。

ポンやポンコだって心配そうには見えない。ぼくにはいまだにはっきり見分けがつかない、ポンタ、ポンキチ、ポンマルも餌に夢中で、兄弟が一匹足りないことなんか気がついてもいないみたいだった。

翌日のこと、ぼくが学校から帰ると、おばあちゃんがおろおろしている。

「今日は、ポンタの姿も見えないんだよ」

だれかが毎日一匹ずつ、タヌキ汁にしてたりして……。

口をついて出そうな言葉を、ぐっと飲みこんだ。冗談にしても、そんなことったら、おばあちゃんは頭からゆげを立てて怒るだろう。

そして、そのまた翌日のこと。もうポンとポンコしか現れなくなったとき、ぼくは初めて気がついた。

「おばあちゃん、みんなもう大人になって、出ていったのかも」

「巣立ったってことかね？」

「あ、そうそう。その言葉だ」

「ああ、そうかもしれないね」

ようやく、おばあちゃんの表情がゆるんだ。

「きっとそうだわ。みんなどこかで、元気に暮らしていくといいけれど」

「だいじょうぶだよ」

そんなやり取りをしながらながめると、ポンはともかく、気のせいかポンコはちょっぴりさびしそうに見えた。

「ポンコちゃん、長い間、子育てお疲れさまでした」

まるで人間に対するように、おばあちゃんはガラス越しに頭を下げた。

最近はそんなこともなかったけど、子どもたちが小さかったころは、ポンコはいつも子どもたちを気にして目を配っていた。丸い顔が優しそうだったのを思いだした。

ちぇーっ。それに引きかえ、うちはどうよ。ママよりタヌキの方が、ずっと母親らしいじゃん……。

特別授業の次の週から、運動会に向けて練習が始まった。たいていの学年が一クラスしかないから、きっとすごくこぢんまりした運動会にちがいない。

これで、ちゃんと盛り上がるのかな？

競技は、先生もいろいろ知恵をしぼっているのがわかる内容だ。一、二年生合同でダンスをするとか、四年生と五年生をいっしょにして男女対抗で玉入れをするとか、中には、保護者や先生もふくめ、全員で盆踊りなどという出しものもある。運動会だか学芸会だかわからない。

本格的に練習が始まってすぐ、意外なことが起こった。ぼくがリレーの選手に選ばれたのだ。プログラムの最後をかざる、毎年恒例のリレーだという。ぼくは五年生の代表選手、六人のうちのひとりで、黄色組。四年生からバトンを受け取り、六年生に渡すまでの百メートルを走ることになった。

ぼくは、東京でスイミングスクールに通っていたこともあって、水泳はちょっと得意だった。けど、ほかの運動はあんまり好きじゃない。徒競走で三位までに入ったことは一度もないし、リレーは見物してる方が楽でいい、と決めている口だった。

なのに、代表選手を選ぶためにクラスでタイムを計ったら、なんと、男子で二番。俊足、門田の次点だった。

うそみたい……。

きっと毎日のように、裏山を駆け上ったからだ。知らぬ間に、足が強くなったんだ。速くなってたんだ。夏の間に身長が急に伸びたことも、プラスに働いたのかもしれない。

うれしかった。ぼくは全力疾走で家に帰り、玄関に飛びこむと同時に叫んだ。

「おばあちゃーん！」

こういうときこそ、あの言葉だ。

「喜べ！　ぼく、リレーの選手になったー」

その夜、電話でさっそく報告すると、ママの声がはずんで高くなった。

「おめでとう。初めてじゃないの、リレーの選手なんて。よかったわね。パパにも電話、かけてあげなさい。びっくりするわよ。すごく大きくなったし、体力ついたものね。裏山へ上ったとき、ほんと、そう思ったわ」

「運動会、十月の第三日曜日だよ。まさか出張なんて、入れないよね。ぜったいに見に来てよね」

「もちろんよ」

「約束だからね」

「はい、はい。ママも翔ちゃんの走るところ、見たいもの」

最後はママらしく、ぼくの手柄も元はといえば自分の血筋だ、ということに落ち着いて終わった。

「翔ちゃんの足が速いとしたら、ママに似たんだわ。ほら、この前もいったでしょう。ママも陸上部だったって。

パパじゃないわね。あの人は漫画同好会だもの」

それからは、学校での練習はもちろんだけど、自主練習にもますます熱が入った。裏山を駆け上るだけじゃない。咲良の家の角まで走り、ユーターンして家の前を通り過ぎ、村はずれのお地蔵さんまで行って戻ってくるコースもつけ加えた。

ああ、こんなとき犬がいっしょだったら、どんなにすてきだろう。なのに、おばあちゃんは、やっぱり犬を飼うことにはぜったい反対だ。

ひどい。ひど過ぎる。

（くそばばあ……）

ぼくは徐々にスピードを上げながら、頭の中で叫んだ。

（くそばばあ、くそばばあ……）

今日はあっという間にお地蔵さんの前を過ぎ、うっそうとした竹やぶをぬけた。すると、さびれた小さな神社に突き当たった。

そのころには、はあ、はあ、息が切れて、「くそばばあ」は頭の中から消えていた。

傾きかけた鳥居の前で、しばらく休けいする。でも、足踏みは続けている。

次はスタートの練習をしながら、今来た道を戻ろう。鳥居の真下がスタートラインだ。

「用意、スタート！」

一挙にスピードを上げる。フルスピードに達するまで加速してから、少しずつスピードを落とし、しばらくはゆっくり歩く。

（くそばばあ、くそばばあ……）

それをくり返し練習しながら、お地蔵さんのそばまで戻ってくると……。

ぷつり！

スニーカーのくつひもが切れている。

えっ？　こんなこと、ありえる？

立ち止まった次の瞬間、草むらから飛び出してきた真っ黒な猫が、道路をさっと横切った。

「縁起が悪いねえ」

いつだったか、黒猫が目の前を横切るのを見て、おばあちゃんが胸に手を当てたのを思いだした。

ふっと、いやな予感がした。心臓がきゅっと縮んだ。

ぼくは家に向かって走りだした。

もしかしたら……。おばあちゃんが、どうかしたのかもしれない……。

くつひもが切れてしまったので、片方のスニーカーがしっくりこない。走るのはやめて、できるだけ早足で歩いた。

人気のない田舎道を、夕焼けが赤くそめ始めていた。

家にたどり着くと同時に、玄関の引き戸を乱暴に開けた。

「おばあちゃん！」

返事がない。ぼくはくつをぬぐのももどかしく、家の中へ走りこんだ。

すると……。

うそでしょう。ちゃぶ台の横に、おばあちゃんは倒れていた。ぼくは一瞬、立ちすくんだ。それから、あわててやせた肩をゆすった。

「おばあちゃん、どうしたの？　ねえ、おばあちゃん！」

おばあちゃんは、「うーん」と、かすかにうなったきりだ。頭の中が真っ白だった。

きっと、ぼくが、「くそばばあ」なんて、いったからだ。

とっさに、そう思った。

どうしよう……。

とほうに暮れていると、いつか聞いた咲良のおばあちゃんの言葉が、思いがけず頭に浮かんだ。

「何か困ったことがあったら、すぐに走っておいで」

瞬間的に、その言葉にすがりついた。

気がついたら、ぼくはくつもはかず道路に飛び出していた。

走りに走った。足の裏が痛かったけど、そんなこと、気にしてる場合じゃない。急にうす暗くなってきた秋の田舎道は、走るにつれて、どんどん暗く、どんどん先へ延びてゆくように思われた。

おばあちゃんが死んだら、どうしよう。

死んじゃったら、どうしよう……。

ついさっきも、ここまで走ってきた。ほんの十五分か二十分前のことなのに。その間に、世界がひっくり返ったような気がした。

咲良の家の方へ道を曲がると、木立の向こうに灯りが見えた。

もうちょっとだ……。

玄関は固く閉まっていた。あたりを見回しても、古い家にはインターホンがなかった。

拳で、ドンドン、戸をたたき大声で叫んだ。

「すみません！　成瀬です。開けて、開けて！　すみませーん！」

しばらくして、最初に出てきたのは咲良だった。ぼくは息も絶え絶えに訴えた。

「おばあちゃんが倒れた。お願い、助けて！」

咲良は、「えっ」と、声をあげてから、暗い廊下の奥に向かって叫んだ。

「お母さん、おばあちゃん！　多田さんのおばあちゃんが倒れたって……」

おばさんがエプロン姿で、どたどた走ってきた。

「救急車は呼んだの？」

救急車……？

「来るんですか？　こんな田舎で？」

いいわけはたった今、思いついたのだ。救急車の〝きゅう〟の字も頭にうかばなかった。

ぼくはぶるぶる頭を振った。

「だいじょうぶよ。すぐに呼んであげるから」

おばさんは、「お父さん！　お父さん！」と、叫びながら奥へ走っていった。

ぼくは黒光りした床に、よろよろとすわりこんだ。はあ、はあ、あえいでいると、くつもはかずに走ってきた足の裏が、急にヒリヒリ痛くなった。救急車――どうして思いつかなかったんだろう？　あの場ですぐに救急車を呼んでいれば、助かったかもしれないのに。もしかしたら、もう手遅れかもしれない。

あっ、ママ！　ママにも電話していない。

ぼくは今にも、声をあげて泣きだしそうだった。

気がつくと、咲良が麦茶のペットボトルを持ってきてくれた。

「はい、これ飲んで」

ぼくは、ただただうなずいてペットボトルを受け取ると、一気に飲み干した。

咲良はどこからか、すり減ったゴムぞうりも出してきた。

「くつ下、汚れてるよ。ぬいで、これ、はきなよ」

今日だけは、さすがに咲良のおせっかいがうれしかった。

おじさんがジャンパー、おばさんがカーディガンをはおりながら、小走りにやってきた。おばあちゃんも、心配そうな顔でついてきた。どうやら、おじさんとおばさんが車で家へ連れ帰ってくれるらしい。

「救急車、すぐに来てくれるわ。さ、おうちで待っていましょう」

おばさんがぼくの肩を抱くようにして、車へ連れていってくれる。

「ママにもまだ電話してません」

「わかったわ。車の中からかけてみようね」

こらえていた涙が思わずほほを伝った。


おばさんがいっしょに救急車に乗って、病院までついてきてくれた。おじさんは自分の車で、救急車のあとをついてくることになった。市内の病院まで二十分くらいだ、といわれた。

だれかがそばにいてくれるだけで、ぼくは何ひとつできない赤ん坊みたいに頼りない気持ちになった。声を出さずに泣いた。

おばさんは救急車の中で、ずっとぼくの肩を抱いていてくれた。おばさんはママと同じくらいの年齢だろう。でも、ぼくの体に触れる腕もわき腹も、やたらとみっちり肉がついていて、きゃしゃなママとは別の人種みたいだった。

咲良の家は、みんなそろって大柄だ。おじさんなんて、現役のプロレスラーといっても通る体格だ。巨人みたいにたくましくて、なんにも困ることなんて、なさそうに見える。うらやましかった。

おばあちゃんは救急の診察室にかつぎこまれた。廊下はうす暗く人気がなかった。おじさんとおばさんにはさまれ、硬いベンチにすわって長いこと待たされた。体がどんどん縮んでいくような気持ちだった。

「お母さん、もうじき来てくれるからね」

おばさんは何度も同じことをいった。

おじさんは目を閉じ、黙って腕組みをしたまま、壁に頭をもたせかけていた。

三十分もたったころ、白衣のすそを翻し、若い男の先生が出てきた。おばさんがおじさんの肩をつつく。二人ともベンチから飛び上がって、もうし合わせたように気をつけをすると、腰を折って頭を下げた。

「くわしいことは追って検査をしてからですが、今のところ、すぐにどうこうという状態ではありません。多分、何らかの理由で血圧が急激に下がったのだと思います。血圧は、食べ過ぎただけでも下がったりしますからね。今、点滴をしています。とりあえず、空いている病室に移します。今夜はゆっくり、こちらで休んでいただくということで……」

先生は軽く会釈すると、廊下を歩いていった。

おじさんとおばさんは、「ありがとうございます」と、先生の後ろ姿に頭を下げた。

「ああ、よかったわねえ」

おばさんが乱暴なくらいにぼくの肩をゆすったので、少しは安心していいのだ、とわかった。

おばあちゃんは、大部屋のすみのベッドに移された。六人用の病室だ。同じ部屋に、入院患者はほかに三人しかいなかった。

おばあちゃんは何事もなかったように、すうすう眠っている。ぼくはおじさんとおばさんをふり返った。

「ぼく、もうだいじょうぶですから。咲良が……咲良ちゃんが待ってるし、帰ってください。ママもそのうち着くと思いますから」

ぼくは、さっきのおじさんとおばさんみたいに、腰を折って深々と頭を下げた。

「ほんとうに、ありがとうございました」

「翔ちゃん、えらかったわね。さぞ不安だったでしょうに。でも、よかったわ。多田さん、どうということもなくて」

おじさんは、うんうん、うなずいている。

「美奈子さんが着くまで、いっしょにいてあげるわよ。遠慮しなくていいのよ」

「だいじょうぶです。ぼく、おばあちゃんのそばにすわってるから」

おじさんとおばさんは顔を見合わせ、ちょっと迷っているふうだった。

「じゃあ、何かあったら、ナースコールを押すのよ。これ、わかるわね。看護師さんに翔ちゃんのこと、頼んでおくからね」

おじさんとおばさんが出ていくと、ぼくは眠っているおばあちゃんのすぐ横に、スチール椅子をずずうっと引き寄せてすわった。

ひからびたようなむき出しの腕に刺された点滴の針が痛々しい。

こんなにまじまじと、おばあちゃんの顔を見たことはなかった。縦に、横に、無数のシワがきざまれた顔だ。灰色の髪はずいぶんうすくなって、分け目から茶色のシミのある地肌が透けて見えた。

こんなにシワが寄るのなんて、人間の顔だけだろうな。

ふと、そう思った。

ほかの動物は毛が生えているから、目立たないだけかな。毛がなかったら、犬や猫にもやっぱりシワがあるのかな……？

おばあちゃんが、かすかにうなった。

ちょっと伸びをしたのかもしれない。

「おばあちゃん。おばあちゃん、聞こえる？」

ぼくは小声で呼びかけてみた。

意外なことに、返事があった。

「翔ちゃん？」

「おばあちゃん、気がついた？」

ぼくはベッドのわきに立ち上がった。

おばあちゃんは、すぐにはまぶたを開けられないみたいだった。シワが邪魔しているみたいだ。ようやく、うす目を開けると、ぼんやり天井をながめた。それから、頭をのろのろ右へ左へめぐらせた。

きっと、どこにいるのかわからないんだ。

「病院だよ」

と、ぼくは教えてあげた。

「ああ……」

ようやく納得がいったみたいだ。おばあちゃんは、また目を閉じた。

「ねえ……」

ぼくはおばあちゃんの耳に口が近づくように、ベッドのわきにひざまずいた。

「ねえ、おばあちゃん。ごめんね……。おばあちゃんのいう通りだよ。犬なんか飼ったら、おばあちゃんの負担になるよ。早死にしちゃうよ。いくらぼくが世話したってさ。ねえってば……」

ぼくは耳を疑った。おばあちゃんは目を閉じたまま、くすくす笑ったのだ。

「何をいうかと思ったら……。もう早死にできる歳じゃないでしょうが」

「それとさ……。ぼく、リレーの練習するときに、おばあちゃんのこと、くそばばあ、くそばばあ、っていいながら走ったんだ……」

おばあちゃんは、今度は声をあげて笑った。

「笑うことないじゃん」

涙が噴き出して、止まらなくなった。

「くそばばあ、っていいながら走ると、速く走れるのかい？」

「わかんないよ、そんなの……」

ぼくはベッドに顔を伏せ、声をあげて泣いた。

「おばあちゃんはね、黙って走った方が速いと思いますよ」

ぼくは、ますますしゃくりあげた。

「おばあちゃん、死んじゃいやだよ。死なないで。お願いだから、いつまでも長生きしてよ。ぼく、ここにいられなくなる。ねえ、わかった？　わかったの？」

おばあちゃんは、もう笑わなかった。目を閉じたまま点滴の管をゆらして手を伸ばし、ぼくの頭を探り当てると、何度も静かになでた。

おばあちゃんは不死身だ。アニメの中でも、にくたらしいやつは不死身、と決まっている。

　ママは取れない休みを取り、病院に詰めていた。けど、三日もしたら、おばあちゃんは、自分の足ですたすた歩いて退院してきたのだ。念のため、あらゆる検査をしたらしいけど、結果はどこも悪くないとのことだった。

「立派なものです」

　と、お医者さんにはほめられたそうだ。

「この歳で、どっこも悪くないといわれると、かえって恥ずかしいわね」

　と、おばあちゃんは照れた。

　意地が悪いじゃん、とぼくはいいたかったけど、黙っていた。

「だいたい、大騒ぎし過ぎなんです」

　どこも悪くなかったので、安心ついでに、おばあちゃんはがぜん強気になった。

「ちょっと寝てただけなのに」

　はぁ？

「だって、ぼくが呼んだって、気がつかなかったじゃん。意識がなかったじゃん」

「ちょっとぐっすり寝てたんです」

「救急車に乗せられたのだって、覚えてないでしょ」

「ピーポー、ピーポー、うるさいったらありゃしない、と思いましたよ。夢だと思ったけど」

これだよ……。

おかげで、ぼくがどんなにあわてたか。どんなにうろたえて、どんなに不安で、どんなにこわくて、どんなに、どんなに……。

それを古賀さんちのみんなに、ばっちり見られたのだ。咲良にだけは、泣き顔なんかぜったい見られたくなかったのに……。

この騒ぎで、とんだとばっちりを受けたのも、やっぱりぼくだった。せっかくリレーの選手に選ばれたのに、ママは運動会に来られなくなったのだ。

あんなに約束してたのに。

おばあちゃんの看病で予定外の休みを取ったので、ＣＭの編集だか、コマーシャルソングの録音だか、両方だったかもしれない。とにかく、ママは日曜日に仕事を入れる羽目になったからだ。

もうっ！

代わりにおばあちゃんが、山ほどおいなりさんを作って、運動会にやってきた。一家で見物に来ていた古賀さんに、めいわくなほど押しつけた。咲良はきっと三日間、甘ったるいおいなりさんを食べ続けることになっただろう。

リレーでは、ぼくはいい走りをしたと思う。門田には勝てなくても、決して負けないくらいの速さだったはずだ。ぼくはひとりぬいて、ゴール前では二着につけていた。なのに、六年生のアンカーが、バトンを受け取ったとたんに、ありえない勢いで転んだ。黄色組はビリだった。

一年坊主ならいざ知らず、六年生がこけるかよ。

ああ、来年はぜったい門田のタイムをぬきたいな、と思った。

来年？

うん、来年は。ぜったいに……。

「翔ちゃんのリレー、見に行けなくてほんとうにごめんね」

電話をかけてきたママは、いつになく低姿勢だった。その声は、落ちこんでいるふうにさえ聞こえた。

「おばあちゃんの一件があったとはいえ、ほんとうに悪かったわ。ママも楽しみにしてたんだけど」

「今回こそ、しょうがないじゃないか。一週間も、おばあちゃんの世話や何かで休んだあとだったんだから。いいよ。ぼくは平気だよ。六年のアンカーがドジるから、黄色組はビリだったしさ。いいとこなしだよ」

「うーん……」

煮え切らないママの様子が、電話の向こう側からも伝わってくる。こんなことって、めずらしい。

「ママも考えちゃったのよね……。おばあちゃんも歳だし、やっぱり翔ちゃんをあずけておくのは、酷だったかなぁ。なんとしてもおばあちゃんを東京へ呼び寄せていっしょに暮らすか、ママも仕事をどうにかして、そっちへ行った方がいいかな、なんてね」

「仕事をどうにかするって、どういう意味？　やめるってこと？」

「うーん……」

そんなこと、今さらありえないでしょう。もっと楽な仕事に変えてもらうって意味？　フル回転してないママなんて、想像できない。

そう思うと、パートでもしていてくれた方がいい、といつもは思っていたぼくが、知らず知らずのうちに、全然逆のことをいっていた。

「おばあちゃんは、だいじょうぶだよ。お医者さんも、そういったんでしょう？　ぼくがいるじゃん。ぼくがおばあちゃんのことはめんどうみるから。お手伝いもちゃんとするよ。おばあちゃんは、東京になんて行きたがらないに決まってるし。ママは今まで通り、仕事、がんばりなよ。みんなが、すごいお母さんだねって感激してたよ」

自分の口から出た言葉だとは、信じられなかった。

ぼくはとっさに、おばあちゃんから聞いた、ママの子どものころの苦労話を思い出していたのだ。ほんとうのお父さんやお母さんを知らず、おじいちゃんとおばあちゃんに育てられたという。

それから、裏山の白い岩にすわって、ママが話したことも思い出していた。悲しいことばかりだった田舎を逃げだして、広い世界に出ていくんだ、と心に決めていた、といっていたっけ……。

そういうことがみんな、ママの仕事の根っこにある。今ではぼくもそれを知っている。

だれもみんな、自分がしなければいけないことを、それぞれがんばっているんだ、という気がした。

ところが……。


おばあちゃんが倒れる少し前からのことだ。パパからよく電話がかかってくるようになっていた。

夏休み前に何度もかけてきたときみたいに、ベルギーに遊びに来いといった具体的な理由も目的もないのに、だ。どうしているかと、ただそれだけを聞きたがる。

「昨日は、何、食べたんだ?」などと、どうでもいいことも聞いてくる。

「んん?　えーと、サンマの塩焼きと、サトイモの煮っ転がしと……」

「おばあちゃん、煮もの、じょうずだもんな。いいな、イモの煮っ転がし……」

「え？　食べたいの？」

「そういうの、こっちにないしな」

「ぼくはフライドポテトが好きなのに、この辺には売ってるとこないしさ。おばあちゃん、揚げものはしてくれないんだよ」

「いいじゃないか。和食は体にもいいんだぞ」

　何度かそんな電話があってから、ぼくはふと、もしかしたらパパはホームシックかも、と思った。そういえば、転勤になった最初のころは、ベルギーのいいところ、すてきなところばかりを強調していたのに、最近はそれもぱたりと途絶えている。

「ねえ、もしかしたらパパ、ホームシックかもよ」

　あるときママにそういったら、ママは、「冗談でしょ？」と、声をたてて笑った。

　そうこうするうち、東京での会議に出席するため、パパが一時帰国することになった。ついでに何日か休暇を取り、週末にママといっしょにぼくに会いに来るという。久しぶりの一家団らんを想像して、ぼくは素直にうれしかった。

パパのリクエストにこたえて、おばあちゃんは山のようにサトイモの煮っ転がしを作った。ほうれん草のゴマ和え、きんぴらごぼう、キュウリの酢のもの、お刺身……。ぼくにいわせれば、変わりばえのしない年寄りくさいメニューだけど、パパは大喜びだった。

「ああ、おいしい。うん、うん、こういうのが食べたかったんですよ。ありがとうございます」

普段はビール党のパパが、この日は日本酒を飲んで顔を赤くしていた。

これからごろりと畳にひっくり返ったら、朝まででも気持ちよくいびきをかいて眠りこんでしまうだろう。

ほら、寝ちゃった……。と、思ったとたん、むっくり起き上がったパパの顔は、がらりと表情が変わっていた。真剣な顔つきになっていた。深刻といってもいい。

「あのなぁ……ちょっと話がある」

ママもほろ酔い機嫌なので、いつもよりもはれぼったい目で、「ん？」と、首をかたむけた。おばあちゃんは台所で片(かた)づけを始めている。

ただ事じゃない——とっさにそう感じたのは、酔(よ)っぱらっていないぼくだけだった。

「あのなぁ……おれ、日本に帰してもらおうかと思ってる」

ほらぁ、やっぱりホームシックだ。しかも、かなりの重症(じゅうしょう)だ。

「はいっ？」

ママは、今度は体ごとパパに向き直った。

「ベルギーに転勤(てんきん)が決まったときは出世コースだなんて喜んだけど、出世なんて、どうでもいいんだよな」

「はあっ？」

ママの声にはすでにトゲがあった。

「大学の同級生、仲のいいやつだったのに、先月心臓発作(しんぞうほっさ)で死んだんだ。それと、今回帰国したら、会社の後輩(こうはい)、ほら横川(よこかわ)くんな、肺(はい)ガンの末期なんだって……」

しーん、とみんな、静まり返った。おばあちゃんも片(かた)づけの手を止めたので、古い蛍光灯のうなる音が聞こえた。

「まさか、あなたもどこか悪いわけじゃないわよね」

ママの声は小さかったけど、その響きは悲鳴に近かった。

「ちがう、ちがう」

パパはあわてて否定した。

「おれは元気だよ。でも、だからこそ考えちゃったんだ……。歳とって定年になったら、どこか景色のいいところでペンションでもやりたいっていってただろ?」

「だろって?」

ママはお酒の酔いも吹っ飛んだ顔だ。

「話したこと、あるじゃないか」

「ありませんよ」

「いや、話したさ」

「いいえ、話してません」

「じゃあ、忘れただけだろ」

「あなたこそ、話したつもりになってるだけでしょ」

「まあまあ、二人とも落ち着いて」

と、おばあちゃんが間に割って入った。

「とにかく、ほんとうにやりたいことはすぐにやっておかないと、人間いつ死ぬかわからない。つくづくそう思ったんだ」

「で、会社やめて？　ペンション始めるってことですか？」

「うん、やってみたい。そうしたら、翔には大型犬を飼ってやるぞ。アリクイみたいな顔のだっけ？」

「えっ、ほんと？　ボルゾイのこと？」

「翔ちゃんは黙ってなさい！」

　ママが金切り声をあげた。

「あなた、今の仕事、気に入ってたじゃないの。張り切って働いてたじゃありませんか」

「そりゃ、嫌いじゃないよ。でもさ、家族とも遠く離れて、なんだかなぁ、って思っちゃったわけ」

「あなたにペンションなんて、無理に決まってるでしょ。どこからそんな考えが出てきたんですか。料理もできないくせに。うまくいくわけありません。家のローンもまだ残ってるのよ。冗談じゃないわ。

海外勤務がいやなら、帰してもらうのはかまいませんよ、わたしは。でも、まずは料理習って、土日に夕ご飯、作ってください！」

久しぶりの夫婦げんかだ。おばあちゃんとぼくは、あきれてパパとママの顔を交互に見比べるしかなかった。

ママはテーブルにバンと両手をついて立ち上がった。ぷいと部屋を出ていきかけてから、おもむろにふり返った。

「そうだわ。この際だからいっておきます。わたしにだって、やりたいことはあるのよ。近い将来、独立して自分の会社をおこしますから」

今度はパパがあっけにとられて、口をぽかんと開けた。

翌日、パパとママは互いにそっぽを向いたまま、でも、いっしょに東京へ帰っていった。

「パパとママ、まさか離婚なんかしないよね」

ぼくは本気で心配になった。

「そんなことありませんよ」

おばあちゃんは悠然とかまえている。

「家族の縁に恵まれず育った美奈子ですよ。強がって見栄を張ってても、一番大事なのはパパと翔ちゃんです。パパにとって、一番大事なのは美奈子と翔ちゃんです」

それから二日後、パパは何事もなかったように、ベルギーへ戻っていった。

「久しぶりに酔っぱらって、弱音を吐いただけよ。頼まなくても、今の会社でがんばってくれるわよ。その方が慣れていて楽なんだし、収入だってはるかにいいんだから」

ママは断言した。

ぼくはなんともいえない気持ちだった。パパがちょっぴりかわいそうだった。

ママみたいに、夢や目標がちゃんとあって、全力でそれに向かって走っていく人がいる。夢があっても、今いる場所で、迷いながらがんばってる人もいる。パパみたいに？

夢も目標もないぼくは、これからどうすればいいんだろう。パパとママのいう通り、塾に行って、少しでもいい中学に入って、いっしょうけんめい勉強したって……なんにも変わらない気がする。

大輝や佐久間たちのことを、ふと考えた。親の仕事を継ぐのが当たり前だと思っている——そんなシバリが、ちょっとうらやましかった。

自由って、かえって不自由なのかも……。

第7章　ぼくもわがままになる

木枯らしが吹き始めたころ……。

「風邪ひいたら困るでしょう。もう長ズボンにしてちょうだい。見てるこっちが、おお、寒い、寒い」

毎朝のようにくり返すおばあちゃんは、すでに厚手のくつ下を重ねばきし、綿入れのちゃんちゃんこを着こんでいる。でも、ぼくは冬中、短パンでがんばろうと決めていた。

ある日の午後のこと。おばあちゃんが電話で注文しておいた食材を、佐久間のおじさんが配達に来た。

真っ赤な軽トラには、両側に白ぬきで「スーパー・サクマ」の文字が躍っている。おじさんの手書きなんじゃないか、と思うほど下手くそな字は、車体からはみ出しそうだ。でも、それが逆にイラストみたいで斬新な印象でもある。遠くからでも、だれにでも、サクマの車だとすぐわかった。

「翔ちゃん、ちょっと手を貸して」

おばあちゃんにいわれて、段ボールを運びこむのを手伝おうと外へ出ていったら、助手席から佐久間がひょいと顔を出した。

「なんだ、乗ってたの？」

ぼくがいうと、佐久間は手招きした。

「配達、おまえんとこが最後だ。これから帰るんだけど、うちで遊ばない？」

ぼくがふり返ると、何もいわないうちに、「ああ、いいよ。行っておいで」と、おばあちゃんは笑顔を見せた。

人前ではものわかりがいいんだから……。

こんなダサい車に恥ずかしげもなくよく乗るよな——普段からそう思っていた車に、ぼくはさそわれるまま乗りこんだ。うかつにも、帰りの足のことは考えなかった。自転車がないと、サクマから家までは三十分以上も歩かなければならないのだ。

夕方になって、佐久間（さくま）の家の茶の間からスーパーの店内を通り、道路へ出てからそのことに気がついた。店のわきの駐輪場（ちゅうりんじょう）に、ぼくの自転車はなかったのだ。

トラックの荷台はせっかく空だったんだから、自転車を積んでもらえばよかった……。

そう思っても、もうおそい。

そんな予定もなかったのに、ひょいと車に乗ってしまったので、ダウンも着てこなかった。

寒ぅ……。

ぼくはセーターに首をうずめるようにして、てくてく歩きだした。やがて長い下り坂になった。低い山すそに沿（そ）って、ゆるやかにカーブした道だ。

しばらく下ってゆくと、百メートルほど先に、小さくふたつの人影（ひとかげ）が見えた。と、おじいさんらしい人が、突然（とつぜん）、道ばたに倒（たお）れた。すぐ横に立っているのは若（わか）い男のようだ。青いヘルメットをかぶっている。男は急いでおじいさんを助け起こそうと、身をかがめている——遠目にはそう見えた。

男はすぐに立ち上がった。なのに、おじいさんは仰向けにひっくり返ったままだ。

次の瞬間、男はすぐわきに停めてあったバイクに飛び乗った。猛然と坂を下ってゆく。

なんか変だ！

ぼくはあわてておじいさんの方へ、坂を駆けおりていった。

「どろぼう！　どろぼう！」

おじいさんは起き上がろうともがきながら、かすれ声で叫んでいた。

「痛い……。いたたた……」

どこか怪我をしたのかもしれない。

「だいじょうぶですか？」

おじいさんの背後に回り、背中を押してすわらせてあげながら、ぼくは大声でいった。

「警察と救急車、すぐに連絡してきますから。ここにいてください」

一番近いのはスーパー・サクマだ。ほかに思いつかなかった。道路沿いに農家はあるだろうが、見通しはきかない。

ぼくは今来た道を、全速力で駆け戻っていった。思うようにスピードが出ない。傾斜はゆるいが長い坂だ。おばあちゃんちの裏山を上るよりきつい気がした。あわてているせいかもしれない。

速く、速く……。

あせればあせるほど、足がもつれた。

とうとう坂を上りきるころ、一瞬、ほんとうに足が硬直した。とたんに、つんのめって、アスファルトにいやというほど両ひざを打った。

「いたぁー！」

思わず悲鳴をあげた。

が、めげずに両手をついて、道路から体を引きはがして立ち上がった。足を引きずりながら、再び駆けだした。

ついにサクマにたどり着くころには、自分は走っているつもりでも、よろよろ歩いているだけだったかもしれない。

「おじさーん！　佐久間のおじさーん！　警察と救急車、すぐ呼んで！」

レジにいたおじさんが顔色を変えて飛んできた。

「翔ちゃん、どうした？」

ぼくが怪我したと思ったらしい。

「坂の途中に、おじいさんが倒れてる。怪我してるみたい。強盗がバイクで逃げてった」

ぼくが指で方角をさしながら、一気にまくしたてると、店内がざわついた。レジに並んでいたおばさんが携帯を取り出した。

「救急車の方、頼みます」

おばさんに指示しながら、おじさんはすでに警察を呼び出している。

さすがに地元の人間だ。いつも仕事で車を乗り回しているおじさんは、二言、三言でぼくのいった場所を的確に伝えた。そして、「事件を目撃した子がここにいますから、代わります」と、スマホをぼくに渡した。

「犯人の特徴をいえるかい？」

電話の向こうから年配と思われる警察官が、子どもを相手にする口調でたずねてきた。

「若い男の人でした。バイクで逃げていきました。青いヘルメットです」

「服装はどう？」

「黒いジャケットに、下は多分、ジーンズです」

「バイクの色は覚えてるかな？」

「えっ？　えーと、メタルっていうの？　あ、あのお、グレーっぽいのです」

「ほかに何か覚えていること、ある？」

「わかりません。離れてたから」

「いいよ、ありがとう。すぐに手配するからね。そっちへも警察が行くから、そこで少し待ってるんだよ。いいね」

はぁ……。

やるべきことは全てやった。

ほっとすると同時に、どっと疲れが出た。その場にへなへなとすわりこんだところを、佐久間のおばさんが、かかえるようにして茶の間へ連れていってくれた。畳に大の字になったら、急に両ひざがヒリヒリし始めた。

「あらぁ、ひどくすりむいたのね。これは痛いわ。化膿しないといいけど」

おばさんは救急箱を出してくると、傷を消毒し、軟膏をぬってガーゼを当ててくれた。気をつけて、そうっと、そうっとやってくれるけど、痛いったらない。

思わず、「うっ！」と、声がもれる。

「ごめんね。ちょっとがまんしてよ」

佐久間は人の痛みには無関心だった。

「こわぁー。ここらでそんな事件なんて、聞いたことないぜ。いるんだな、そんな悪いやつ……。

それにしても、すげー。強盗事件を目撃したなんてさ。犯人の捜査にも協力しちゃってさ。成瀬、まじ、すげー。英雄じゃん」

興奮して、ぼくの周りをぐるぐる立ち歩く。

ちょっと、じっとしてろよ。落ち着きのないやつだな。

手当てがすんだら、傷はかえってズキズキ痛みだした。消毒液や軟膏が刺激になっているのだろう。薬が効いてる証拠だ——そう考えることにした。

でも……。

「いやだなぁ。ガーゼ取りかえるの、悲劇だよな。ガーゼが貼りついたまま血が固まってさ。はがすときに、せっかく固まった血や皮膚も、またはがれるだろ。どんなにそっとやってもさ。一ミリずつ、はがしてもさ。あれ、痛いんだよなぁ。ちぇーっ、ショック」

「それくらいの怪我で英雄面できるんだぜ。もうけもんじゃん」

佐久間は同情のかけらもない。

ひどっ！　人ごとだと思って。

「あーあ、それに風呂入るのも痛いよー」

「そういうときおれはさ、ラップでぐるぐる巻いて、上と下をガムテープでとめるんだ。長い時間つからなければ、お湯、入ってこないぜ」

「それでも、ラップやビニール越しに、お湯が熱くてヒリヒリするじゃん……」

そんなことをいい合っているところへ、けたたましく電話が鳴った。おばさんが急いで取ってから五秒もたたぬうちに、受話器を手にしたままこっちへ向かって叫んだ。

「犯人、捕まったそうよ！」

「ええーっ！」

ぼくは痛いのも忘れて立ち上がった。

「やった、やったー」

佐久間がぼくの手を取って、ぴょんぴょん跳びはねる。

意外だった。全く期待していなかった。あの坂は下りきってから、じきに国道に突き当たる。国道に出てしまえば、もうどこへ逃げたかわからなくなるだろう。捕まりっこない。そう思っていた。

あとからくわしく聞いた話では、警察は国道の東方面と西方面に、それぞれ何カ所か検問を張ったそうだ。西に向かって突っ走ってきたバイクは、一番遠くの検問にひっかかった。警官たちがその場に到着してから、わずか一分足らずのことだったという。

「あと一分おくれていたら、逃げられてしまった。成瀬くん、走るの速いんだってね。お手柄だよ」

パトカーでうちまで送ってくれた警官がほめてくれた。

「あっ、おじいさん。あのおじいさん、どうしましたか？」

「病院に運ばれたからだいじょうぶだよ。ただ、腕の骨が折れてるそうだ。男に突き飛ばされたそうだ。全くひどい話じゃないか」

「治るんですか？」

「お年寄りだから、ちょっと時間はかかるだろうけどな」

　ああ、よかった……。

　心底そう思った。

　すると、事件にまつわるいろんな感情がいちどきにふくれあがり、ごっちゃになって、胸がいっぱいになった。窓の外の景色が徐々ににじみだした。ぼくはパトカーの後部座席の暗がりに隠れ、そっと涙をぬぐった。

　佐久間がいった通り、ぼくは家族の英雄になった。初めてのことだ。多分、最初で最後にちがいない。パパはベルギーで、ママは東京で、おばあちゃんは目の前で、ぼくのことを誇らしく思うあまり躍り上がった。

　でも、おばあちゃんは、いかにもおばあちゃんらしく、最後は自分の一番の関心事に話をもっていくのを忘れない。

「ほら、みなさい。この寒い中、半ズボンなんかはいてるからです」

まるで、強盗事件に出くわしたのも、怪我をしたのも、自分のいう通りにしなかったバチだ、といわんばかりにくり返す。

「いうこと聞いて長ズボンをはいていれば、ここまでひどい怪我はしないですみました！」

でも、ぼくはやっぱり短パンのままだ。

「長いのはくと、布が傷にさわって痛いの！」

「じゃあ、怪我が治ったら長ズボンにしなさい！」

おばあちゃんとのいい合いは、今に始まったことじゃない。

なんせ、おばあちゃんは、ほんとうはひいばあちゃんなんだから。

例の入院騒ぎ以降、おばあちゃんは、犬は飼わない、とはおおっぴらにいわなくなった。ひとつにはぼくが、飼いたいといわなくなったからだ。もちろん、今でも飼いたいことに変わりはない。

でも、やっぱり無理なんだ。わかっている。

ところが、ある日のこと。

「翔ちゃんは、犬はほしくなくなったのかい？」

おばあちゃんが、にやにやしながら聞いてきた。

「ええっ？　ほしいに決まってるじゃん。でも、やっぱりだめだよ。わかったんだ。無理だよ」

「家の中で小さな犬を飼ったら、ポンちゃんたちにほえないでいてくれるかね？」

ぼくは驚いて、とっさに返事ができなかった。

「ええっ？　犬だもん、そりゃほえるよ。追いかけるよ。廊下のガラス、ひっかいて騒ぐんじゃない」

ぼくだってポンコを追いかけたのだ。

「ガラス越しに見るだけのポンちゃんやポンコちゃんだって、あんなにかわいいんだから、家の中で犬を飼ったら、どんなにかわいいだろうねえ」

「だめだよ。無理に決まってるよ。家の中だって、汚しちゃうし。そんなの、おばあちゃん、いやでしょう？」

「わたしもこの先、そんなに長くないからねぇ。わたしが死んだら、この家も、山も畑も、だーれも継ぐわけじゃない。どんなに汚れても、どうってことありませんよ」

おばあちゃんは、自分のいったことをごまかすように、「おほほほ……」と、笑った。

「でも、どうして、だれもここのあとを継がないの？」

おばあちゃんには亡くなったママのお母さんのほかに、息子や娘、甥っ子や姪っ子が何人もいるはずだ。

「みんな東京や大阪に出ていって、向こうで落ち着いちゃったからね。だれが田舎になんて、戻ってくるもんですか？　最後までここにいた美奈子だって、あ
あですよ」

「ねえ、おばあちゃん……」

頭の中を、一瞬、名づけがたいものがぐるぐると回った。

「ねえ……。ぼくがずっとここにいるっていうのは、どう？」

定まった考えなんて、何もない。だからといって、出まかせでもうそでもない気がした。

「何いってるの？　翔ちゃんはパパやママみたいに、東京の大学に行って、大きな会社にお勤めして、外国に行ったりするんでしょう」

「そうかなぁ？」

「そうに決まってるでしょう」

「どうして決まってるのさ？」

　パパやママみたいには、とうていなれそうもない。なりたいかどうかも、わからない。

　ふと、色づき始めた裏山の木々が目に浮かんだ。通学路沿いのどこまでも続く畑、大輝の家の巨大なイチゴ、咲良の家の一面の麦畑。いつか陸が見せてくれた、ビニールハウスの色とりどりのパンジーの花の海……。

「ね、大輝や陸や、クラスの友だちの家、農家が多いじゃん。ぼくにも農業、できないかな？」

「じょ、じょーだんでしょ。できるわけ、ありません」

「どうして？　おじいちゃんとおばあちゃんだって、やってきたんでしょう？」

「そりゃ、ほかになかったからですよ。やるしかなかったんです」

「おばあちゃんにできたなら、ぼくにもできるでしょう?」

「翔ちゃん、本気なの?」

おばあちゃんは疑り深い調子で、でも、真剣な声でたずねた。

「わからない。まだ、わからないよ。そんなこと、わかるわけないじゃん。ちょっといってみただけだよ。

でも……。とりあえず、ぼく、決めてることがあるの。来年は、東京には戻らない。六年生になっても、ここにいる。

いてもいいでしょう? ねえ、おばあちゃん」

「あらら、美奈子が聞いたら気絶するわ」

「パパは、心臓が止まるかも」

「冗談にしたって、そんなことといったら大騒動になります」

なぜかおばあちゃんは面白そうにいった。

「うん、そうだね。それに、全然冗談じゃないし」

そうさ、ぼくは本気だ!

古びたくつ箱からスニーカーを取り出し、玄関の土間にそろえてつぶやく。
来年は、門田（かどた）のタイムをぬいてやる……。
ちっぽけな、ちっぽけな……でも、ぼくの当面の目標だ。
そのためには、わがままを通してやる。
パパとママに刃向（はむ）かってやる。
スニーカーのくつひもをきゅっと結びながら、そう思った。

装幀●bookwall
装画・挿絵●くまおり純

〈著者略歴〉

今井恭子（いまい　きょうこ）

広島県生まれ。上智大学大学院修士課程修了。『歩きだす夏』（学研）で、第12回小川未明文学賞大賞、『こんぴら狗』（くもん出版）で、第65回産経児童出版文化賞産経新聞社賞、第58回日本児童文学者協会賞を受賞。児童書に『ぼくのプールサイド』（学研）、『アンドロメダの犬』（毎日新聞社）、『前奏曲は、荒れもよう』『切り株ものがたり』（以上、福音館書店）、『丸天井の下の「ワーオ！」』（くもん出版）、絵本に「キダマッチ先生！」シリーズ（ＢＬ出版）などがある。日本児童文学者協会会員。

ぼくのわがまま宣言（せんげん）！

2018年8月31日　第1版第1刷発行

著　者　今井恭子
発行者　瀬津　要
発行所　株式会社ＰＨＰ研究所
東京本部　〒135-8137　江東区豊洲5-6-52
児童書出版部　☎03-3520-9635（編集）
児童書普及部　☎03-3520-9634（販売）
京都本部　〒601-8411　京都市南区西九条北ノ内町11
PHP INTERFACE　https://www.php.co.jp/

制作協力・組版　株式会社PHPエディターズ・グループ
印刷所　株式会社精興社
製本所　株式会社大進堂

ISBN978-4-569-78799-2

NDC913　171P　20cm

〈カラフルノベル〉シリーズ

夢見る横顔

嘉成晴香　著

中学2年生の香耶は、毎晩遅くまで帽子制作に励む母親や、夢に真っ直ぐな同級生の姿を見て、自分の将来について考えるようになり……。

定価　本体一、二〇〇円（税別）